二見文庫

ご奉仕します　人妻家政婦

渡辺やよい

目次

ご奉仕します

1

ついニ度寝して、起きたら昼前だった。

のっそりジャージ姿のまま階下に降りて来た倉元雄一《くらもとゆういち》は、目覚めにシャワーでも浴びようと、浴室のドアを勢いよく開けた。

「わっ!?」

いきなり目の前に、ジーンズに包まれたむっちりとふくよかな臀部が飛びこみ、雄一はその場に立ちすくんだ。

浴槽に頭を潜りこませるようにして掃除をしていた女が、はっと振り返った。

歳の頃は四十前後だろうか、色白の小作りの顔に黒目がちの瞳が印象的だ。簡素なTシャツにジーンズ、化粧気はなく、長い黒髪を無造作に後ろでゴム止めにしているのだが、綺麗な顔立ちだ。女はあわててゴム手袋をはずして、きちんと両手をそろえて頭を下げた。

「今日から派遣されました、まごころ家政婦協会の生田良美《いくたよしみ》です。よろしくお願いします」

「あ、ああ？　家政婦さん？」

雄一は、やっと腑に落ちた。

雄一が十六歳の時、母が末期ガンで早世してもう四年になる。父の達也《たつや》は男手一つで雄一を育ててくれたが、最近地方に出向を命じられ、月に何度かしか帰宅できないようになり、大学生の雄一は平日ほぼ一人暮らしだ。ずぼらな息子のことを心配して、ハウスキーパーを雇うという話を、先週父がしていたのを思い出した。イメージとして、でっぷりしたいかにもおばさん風な人が来ると思い込んでいた雄一は、魅力的な熟女を目の前にして、いささか気が動転してしまう。大学は同世代の若い女ばかりなので、母親を早くに亡くした雄一には、年上の女性への免疫がなかった。

「よ、よろしくお願いします」

顔を伏せてぼそぼそとつぶやくと、雄一は逃げるようにその場を立ち去った。

駆けこむようにして部屋に入ってやっと気を取り直すと、妙に股間が疼《うず》いている。そう言えば、起き抜けに朝立ちしたまま浴室に降りたのだ。さっと耳まで血が上る。あの家政婦は、自分のジャージの股間の盛り上がりに気がついただろうか。

思わず硬く勃っている部分に手をやる。全身がむずむずする。我慢できず、再びベッドに潜りこみ、頭まで毛布をかぶる。胎児のような姿勢でしばらく股間を押さえていたが、昂りは鎮まらない。やむなく、ジャージのズボンをブリーフごと引き下ろす。熱く滾《たぎ》った若茎を握りしめると、ふっと頭の中に、あの家政婦の姿が浮かび上がる。ゆっくり肉幹を擦りだす。

「う……ぅ」

ぷりんとした尻、Tシャツの胸元を押し上げる膨らみ、ふっくらした二の腕、血管が透けそうなほど白い頬。同じ大学の彼女がいるのに、なぜか今雄一の性感を刺激するのは、会ったばかりの家政婦だった。

（結婚していたな……）

雄一は、家政婦がゴム手袋を外した際、左手に結婚指輪が光っているのに気がついていた。肉竿を握る手に力がこもる。

（人妻ってどんな感じなんだろう？　毎晩旦那とセックスしてるんだろうか？）

大人しそうな顔をして、あの家政婦は昨晩ヤッて来たのかもしれない。あられもない妄想で雄一の興奮はいや増し、肉茎をしきりにしごき続けた。

「あ……あ、ふぅ」

たちまち頂点に昇り、どろりとしたスペルマが手を濡らす。けだるく起き上がりブリーフで汚れを拭き取っていると、ふいにドアがノックされた。

「あの……お昼ご飯の支度ができました」

生田家政婦の声に、雄一は飛び上がった。

「あ、はい、今行きますから」

「倉元さんがお食事の間に、お部屋のお掃除をしたいのですが、よろしいですか？」

じょうだんじゃない。部屋の中は、たった今自分が放出した精液の生臭い匂いでいっぱいだ。

「いや、いいです！　俺の部屋の掃除はしないでいいです」

あせるあまり、怒ったような声になってしまう。

「……承知いたしました。それではお庭の草取りをしておりますので、なにかありましたら御用命下さい」

家政婦が階段を降りていく気配に、雄一はほっと胸を撫で下ろし、精液に汚れたブリーフをベッドの下に押し込んで隠した。

(家に女っけがあると、けっこうめんどくさいんだな)

雄一は高校時代の男友達が、やれ母親にエロ本を見られただの、自慰したパンツを洗濯されただのぼやいていたのを思い出し、なぜか甘酸っぱい気持ちになった。

2

「ちょっとぉ、ユーイチ、聞いてるのぉ?」

顔のすぐ側でエリカに大声を出されて、雄一はぎくりと我に返った。夕方の混雑する渋谷のスターバックスの一角で、恋人の山城《やましろ》エリカとデートの真っ最中だったのだ。スクランブル交差点を正面に、二人で横並びのカウンターに座っている。

「あ、あぁごめん、なんだっけ？」

「んもう、渋谷ヒカリエに行かないかって話してんじゃん」

エリカが口を尖らせた。小柄でほっそりしたエリカは、ショートカットのよく似合うはきはきした娘だ。大学の同じゼミで知り合い意気投合し、すでにセックスもすませている仲だ。まだ性体験の浅い二人は、裸でじゃれ合うようにあれこれ試行錯誤しているところだ。

「ヒカリエか、いいんじゃない」

雄一は答えながら、再び思考が横滑りするのを感じる。今日家で昼食を摂《と》りながら、雄一はダイニングから見える庭に気を取られていた。生田家政婦が背中をこちらに向けて、しゃがみ込んで草取りをしている。腰を下ろすと、肉感的な尻がますます強調されるようだ。束ねた黒髪で、華奢《きゃしゃ》なうなじが剝き出しになりなまめかしい。初夏の気候のせいか、家政婦の白いTシャツの背中に汗の染みが広がり、ブラジャーが透けて見えた。平凡なベージュのブラジャーになぜか目を奪われ、異様な興奮を覚えたのだ。

「決まり！　じゃ、行こ」

エリカがはしゃいで雄一の腕に手を絡めてくる。

「それより、さ」

雄一は小さな金のピアスが光るエリカの耳元に口を寄せて、息を吹きかけながら囁く。

「うちに来ないか？」

「ん、もう、ユーイチったらぁ」

エリカが甘えるように鼻を鳴らした。雄一の家に行くということは、必然的にセックスをするということだ。ほぼ一人暮らし状態の彼は、しょっちゅうエリカを引っぱりこんでいた。

携帯の時刻を見ると午後六時過ぎ。生田家政婦は九時～五時の約束なので、もう家には誰もいないはずだ。渋谷から自宅のある駅までは急行で十分だ。早くも疼きだした下腹部を感じながら、雄一はエリカの腰に手を回して急ぎ足で店を出た。

家の鍵を開けるや否や、エリカを玄関から続く廊下に押し倒した。

「いやだぁ、ユーイチ、ベッドに行こうよぉ」

普段おっとりした雰囲気と違う雄一の性急な行為に、エリカは戸惑っている。

「いいだろ？　我慢できないんだ」

雄一はかまわず、ひらひらしたキャミソールの裾から手を潜りこませて、ブラジャーを押し上げてエリカの乳房を乱暴に揉みしだいた。若いエリカの乳房は、ぷりぷりと弾力がある。

「あぁん、やだもう、ユーイチったらぁ」

口で言うほど嫌でもないらしく、エリカは頰を火照らせて甘い溜め息を漏らし始める。雄一は素早くエリカのミニスカートの奥に片手を潜りこませ、薄いパンティに包まれた秘部の裂け目を探り当てる。

「あ、あん」

布越しに肉門の亀裂を上下に指でなぞり上げると、エリカがくねくねと腰を蠢《うごめ》かせて反応する。たちまちパンティの中心部がじっとり湿ってくる。

「エリカ、欲しいよ、もう」

雄一はジーンズのジッパーを素早く下ろし、痛いほど膨れ上がった肉幹をつかみ出した。エリカのパンティを一気に膝下まで引き下ろすと、そのまま腰を沈めた。亀頭の先で、ほころんだ花弁を軽く突ついて、強引に押し入った。

「はぅん」

勢いよく挿入されて、エリカの身体がぴんと反り返る。若い彼女の膣肉は、きゆっと力強く雄一の剛棒に絡み付く。

「う、ああ、エリカ、いいよ、エリカ」

両手を床に突っ張って、激しく腰を打ち付ける。

「あ、ああっ、あぅ、ぁ、ユーイチぃ」

エリカは可愛らしい喘ぎ声を上げながら、雄一の腰にすらりとした脚を絡ませる。雄一は若嬰の感触に酔いしれながら、ふっと生田家政婦の姿を思い浮かべる。

(熟女のアソコってどうなってるんだろう。子どもを産むと締まりがよくなるって聞いたけど、本当なのかな)

生田家政婦のことを考えるだけで、なぜか異常に身体が熱くなる。

「うお、おお、エリカ、ああ、エリカ」

雄一はエリカの腰を抱きすくめて、ぐいぐいと肉茎を繰り出した。全身の血液が、ペニスの先端に集まってくるような気がする。程なく絶頂が訪れる。

「お、俺、もう……！」

雄一が切羽詰まった呻き声を上げた。爆発する一瞬前に、外出するため腰を引こうとしたとたん、かちゃりと背後で音がして、ドアが開いた気配がした。

「あっ」

息を呑む細い声に、雄一が振り返ると、目を見開いている生田家政婦ともろに目が合った。ばくんと心臓が跳ね上がった。

「うっぅ」

とたんに雄一の若竿が暴発し、激しく飛び散ったスペルマがエリカの顔面を直撃した。


夜半過ぎ、雄一はリビングのソファに憮然として座っていた。あの後、生田家政婦は目を背けるようにして、

「すみません、定期入れを置き忘れて」

と、果てた二人の前を通り抜けてそそくさと部屋に上がり、すぐさま戻って来た。そのまま呆然としている二人には目もくれず、一礼してまた去っていった。

「なによぉ！　あの人！　ありえなーい！」

エリカは雄一の説明もろくに聞かず、赤恥をかかせられたとぷんぷん怒って帰ってしまった。雄一はエリカに謝罪のメールを送ろうとして、リビングで携帯を取り出したが、そのままぼんやり動きを止めてしまった。頭の中は、あの時の生田家政婦の蒼白な顔でいっぱいだった。

（すげぇ気持ちよかった……）

生田家政婦の目を見つめながらの射精は、今まで感じたことのない快感を生んだのだ。

3

「おはようございます、家政婦の生田です」

翌朝九時、生田家政婦は時間ぴったりに訪れた。密かに彼女を待ちわびていた雄一は、急いで階下に降りて出迎えた。

「朝食をお作りしますか？　お掃除が先でしょうか？」

生田家政婦は雄一の目を見ないようにして、無表情に言う。なにか昨日のことでリアクションがあるかと思っていた雄一には、いささか期待はずれだった。

「あ、じゃあ、朝ご飯を」

「承知いたしました。和食洋食どちらを？」

「あ、和食で」

生田家政婦はさっさとエプロンを着けると、キッチンで立ち働きだした。雄一はダイニングの椅子に座って、炊事をする生田家政婦をじっと見ていた。生田家政婦は彼のぶしつけな視線に気がつかない。手際良く味噌汁と卵焼きの朝食がテーブルに並ぶ。

「うわ、うまそー」

久しぶりの湯気の立つ朝食に、雄一は早速箸を取る。生田家政婦は給仕をするつもりか、横にじっと立っている。

「お味はいかがでしょう?」

「うまい!　すげー、うまいよ」

卵焼きを口いっぱいに頬張りながら雄一は答える。

「他に御用はございませんか?」

雄一はふいに、能面のような生田家政婦の表情を崩したい気持ちになる。

「一つ、いいかな?」

「なんでしょう?」

「昨日、旦那とセックスした?」

ほんの一瞬、生田家政婦の顔がこわばったような気がした。しかし、彼女の声は冷静だった。

「私のプライベートをお答えする必要はありません」

「昨日俺たちの現場見ちゃったじゃん。ね、興奮した？」

雄一はしつこく食い下がる。

「御用がないようでしたら、私はお洗濯にかかります」

生田家政婦は、軽く頭を下げてキッチンを出ていこうとする。相手にされないことにいらだった雄一は、つい声を荒立てる。

「ちょっと待てよ」

「なにか？」

生田家政婦が肩越しに振り向く。雄一は妙に意地悪い気持ちになる。

「あんた九時～五時の契約だろ？　なのに昨日、六時過ぎに勝手にうちに入って来たよな」

「……あれは、定期入れを忘れて……」

生田家政婦の声が少し低くなる。雄一はかさにかかって言う。

「明らかに規約違反だよな。まごころ家政婦協会に文句言おうか。盗難目的で入ってきたんじゃないの？」

「いえ、そんな……！」

生田家政婦の目に狼狽《ろうばい》の色が走る。雄一は相手の弱みを握った、と思う。

「盗癖がある家政婦なんて、もう誰も雇ってくれないよな」

生田家政婦の青白い頬に、かすかに紅みがさす。女は臍の辺りで組んだ手をぎゅっと握りしめている。

「申し訳ありません！　今後粗相のないようにいたしますから、どうか協会には……私、仕事がないと困るんです」

生田家政婦の黒目がちの瞳がほのかに潤む。感情が露わになった女の表情は、うっとりするほど美しかった。雄一はごくりと生唾を呑みこみ、ゆっくり言う。

「じゃあ、一つ用事を頼まれてよ」

「はい、なんでも」

生田家政婦の表情が幾分明るくなる。雄一は椅子に座ったまま、ズボンのジッパーを下ろした。ゆっくりと、半勃ちの肉塊を引きずり出す。

「これをしゃぶってくれないか」

女が息を呑んだ。雄一は変化する彼女の表情を楽しみながら、握った若竿をぶるぶる振ってみせる。

「なんでもするんだろ？」

生田家政婦は紅唇を嚙み締めて、じっと雄一の股間を見つめていたが、ふいに深い溜め息を一つつくと、ゆっくり彼に近づきその前にひざまずいた。女の色白の顔が、股間に覆い被さってくる。陰毛をそよがす熱い女の息遣いに、雄一は今更ながら怖じ気づいた。

「あ、やっぱりいい……」

断ろうとする直前に、ふわりと柔らかく湿った唇が肉茎を包み込んだ。

「う……！」

下腹部を走る甘い快感に、雄一は思わず目を閉じた。

「ん……んん」

女は長い睫毛を震わせながら、若茎をゆっくり喉奥まで呑みこんでいく。

「うあ、ぁ、あ……」

雄一はあまりの気持ちよさに低く呻いた。エリカはフェラチオがあまり好きでなく、亀頭を舌先で舐《ねぶ》る程度のものしかされたことがなかったので、生田家政婦のいきなりのディープスロートの衝撃に、身動き一つできない。彼女は怒張をすっぽり根元まで呑みこむと、ゆっくりと頭を前後に揺さぶり始めた。

「あ、ああ、すげぇ、ああ……」

生田家政婦は紅唇をきゅっとすぼめて、肉幹を締め付けてくる。頭を振り立てながら、肉胴に舌先を滑らしぬるぬると唾液をまぶしてくる。

「んふぅ、んふぅ、ふううん」

生田家政婦は甘やかな鼻声を出しながら、ぬらつく性器の根元に白い指を添えて、丹念な抽送を繰り返した。

「うああ、ああ、やべぇ、すげぇ、気持ちいいよぉ」

痛いほど充血しきった肉竿を、人妻の技巧に富んだ口腔でくちゅくちゅと愛撫される極上の快感に、雄一はすっかり骨抜きにされた。たちまち絶頂が訪れ、女の口の中で肉塊がぐんと膨れ上がる。

「あ、あ、やべぇ、で、出るっ」

雄一は思わず女の頭を抱えこんだ。

「ん、んぐぅ、ううぅ」

生田家政婦が首を振ろうともがいたが、雄一の手はがっちりと股間に押さえこむ。

「おうっ、出る、出るぞぉ」

雄一は獣のように吠えて、びくびくと腰を震わせた。どくんと激しい勢いで欲望が弾け飛ぶ。

「うぐぅ、ぐううううふううう」

喉奥に熱い淫液を大量に発射されて、女が苦し気に呻《うめ》く。白濁したスペルマは、余すことなく彼女に呑み下された。

4

（あれは白日夢だったのか……）

翌日、大学の講義を聴きながら、雄一は物思いに耽っていた。屈辱の口腔愛撫を終えた生田家政婦は、その後、何事もなかったかのように家事労働に戻っていった。雄一の方が、股間に残るけだるい快感の余韻にしばらく身動きもできなかった。

（まるで命令に従うロボットみたいだった）

彼女が激しく感情を爆発させることがあるとは、とても信じられないほどだ。

雄一の心の中で、生田家政婦をめちゃくちゃに蹂躙してやりたいというどす黒い欲望がわき上がる。

講義後、デートしようというエリカを体《てい》よくかわして帰路を急いだ。息せき切って家に飛び込む。きょろきょろと生田家政婦の姿を探すと、トイレの中から物音がする。

ノックもなしに、いきなりトイレのドアを開けた。ゴム手袋をしてトイレの床を磨いている生田家政婦の姿があった。

「おトイレ掃除、もうすぐ終わりますから」

彼女は四つん這いになってあちら向きのまま、無愛想に雄一に言う。そのもぞもぞ動く臀部を見ているうちに、下腹部が早くも硬化しだす。雄一は、ふいにジーンズに包まれた生田家政婦の尻に触れた。背中が一瞬ぴくっとして、動きが止まる。手のひらでゆっくりと、その臀部を撫で回した。それから手を双尻の狭間に潜りこませ、秘裂の部分を指で押し込むようになぞった。

「あっ」

女がびくりと背中を震わせて、小さく色っぽい声を上げた。身を引こうとする女の尻を引き寄せ、雄一は少しドスのきいた声を出す。

「仕事欲しけりゃ、じっとしてろよ」

生田家政婦は四つん這いのまま身を硬くした。向こう向きにうつむいているので表情は読み取れないが、桜貝のような形のよい耳たぶが羞恥で真っ紅に染まっている。
抵抗しないと見て取るや、雄一は後ろから手を回して素早くジーンズのジッパ
ーを下ろし、果物の皮でも剝《む》くようにずるりと引き下ろした。とたんにぷるんと
真っ白い生尻が剝き出しになった。
たっぷりと脂肪の乗った巨臀の迫力に、雄一は息を吞む。エリカのつんと上を
向いた硬い小尻も可愛いが、搗《つ》きたての餅のように柔そうな熟女の尻も捨てがた
い魅力だ。穿いているパンティがまた質素な綿で、生活感溢れるところが生々し
く卑猥だ。
「ううっ、も、もう、許して下さい」
生田家政婦の全身が屈辱に打ちひしがれたようにぶるぶる震える。雄一は答え
ず、パンティに手をかけて一気に膝まで引き脱がせた。白い臀部の狭間の黒々と
した茂みが丸見えになる。
「う、ううっ……」
女がすすり泣くような声を漏らす。雄一はかまわず、肉付きのいい太腿に両手
をかけて、ぱっくりと肉門を開いた。

「ひっ」

鋭く息を呑む音がする。雄一は、露呈した熟女の秘部にまじまじと見入った。肉厚の皺の多い花弁は赤紫色で、性経験の多さを物語っているが、よじれた襞肉を掻き分けると、鮮やかな濃いピンク色の果肉が顔をのぞかせた。

「うわぁ、これが人妻のお〇んこかぁ」

雄一は女の陰部に顔を寄せて、食い入るように眺めた。彼の視線を感じたのか、ぬめついた秘裂がひくひくと恥ずかしそうに蠢く。思わず引き寄せられるように、その部分に顔を寄せてむしゃぶりついた。

「あ、はぁぅ」

生田家政婦が小さい悲鳴を上げて、首を反らせた。

「ううむぅ、ふううぅ」

雄一の鼻腔いっぱいに、甘酸っぱい性器の匂いが広がる。エリカにもクンニはしたことがあるが、こんなくらくらするような濃厚なフェロモン臭はしなかった。舌を差し出して、ひときわ色濃い大陰唇をゆっくりと舐め上げた。

「や、あ、あふぅ」

生田家政婦が心細げな溜め息を漏らす。雄一はねとねとと舌を這わせながら、少しずつ秘裂の中心部に近づく。遂に、指で開かせた淫肉の奥にぬちゃりと舌を埋めこんだ。

「はあっ」

白い尻がぶるっとわななないた。

「うう、すげぇ、ヌルヌルじゃん」

女の粘膜はねっとり熱く潤っていた。とろりとした花蜜を味わいながら、雄一は襞肉を掻き回すようにして舌を蠢かせた。

「あ、あ、だめ、いけません、だめぇ」

柔らかな太腿が小刻みに震え、悲鳴に甘やかな吐息が混じり始める。女の官能がとろけ始めたのを感じた雄一は、夢中になって媚肉をしゃぶった。ぴちゃぴちゃと唾液の弾ける淫らな音を響かせながら秘襞を舐めると、どろりとした愛液が肉腔の奥から溢れて、口元をぬとぬとと濡らす。

「あふぅ……も、もうやめて……あ、ああ」

生田家政婦はなまめかしい呻き声を漏らしながら、もじもじと腰をくねらせる。淫裂の頂に大粒の真珠くらいに膨れているクリトリスを探り当て、舌でこそぐように舐《な》め上げた。

「はうっ、ひあぁあっ」

びくんと身体が跳ねた。するりと前に逃げそうになった女の尻を抱えて、クリトリスをしゃぶりながら、どろどろに溶けた柔肉に指を突っ込んで乱暴に撹拌した。

「やぁ……や……もうやめてぇ、ああ、お願い……」

生田家政婦は束ねた黒髪を振り乱して、悩ましく喘ぐ。雄一はすっくと立ち上がった。もう先だってから自分の肉棒は、がちがち痛いほど充血していたのだ。素早くズボンをブリーフごと押し下げると、熱く昂った肉刀を握りしめた。

「俺のち○ぽ、入れていいかい？」

雄一がかすれた声で言うと、息を荒くして全身を震わせている生田家政婦が、切なげな声で答えた。

「……承知いたしました……」

豊満な双尻を抱えると、真っ紅に濡れ光る秘腔の中心部に亀頭を押し当てた。少し腰を動かしただけで、ぬるぬるの淫襞はつるりと若茎を呑みこんだ。

「はあああっ」

一気に根元まで刺し貫かれて、生田家政婦の上半身が激しく仰《の》け反《ぞ》った。

「うおぉ、家政婦さんのお○んこ、熱いよぉ」

雄一は、初めて知る人妻の媚肉の感触の、あまりの心地よさに呻いた。彼女の秘部は襞の一枚一枚がベールのように雄一の肉幹を包み込み、やわやわと引きこんでくる。エリカの若い膣肉は、きゅっと荒々しく巻き込んでくるのだが、人妻のそれはじわじわとしかも力強く締め付け、信じられない快感を生み出すのだ。

たちまち持っていかれそうになり、気合いを入れ直して、腰を繰り出す。

「あ、あっ、はあっ、はああん」

ひと突きごとに、女の妖艶な喘ぎ声が昂る。

「おう、いいよお、家政婦さん、ここは？　ここはどう？」

雄一はカリ首をめりこませるようにして、膣肉を掻き回す。

「あ、いやぁん、ああ、そこ、いやぁん」

生田家政婦は熱っぽい溜め息をしきりに漏らしながら、自ら腰を振って雄一の動きと連動する。粘膜と粘膜が激しくぶち当たり、ぐっちゃぐっちゃと淫らな音がトイレに響く。

「はあっ、ああ、い、いいっ……！」

遂に若竿が快楽の源泉にたどり着いた。生田家政婦はあられもなく身悶えして便器にしがみつき、崩れ落ちそうになる身体を必死で支えている。

「いいの？　ここ？　ここ、感じる？」

雄一の全身に、あと一歩で彼女が陥落するという熱い勝利感が満ちる。女の腰を抱え直すと、急ピッチで腰を繰り出した。

「ああいい、ああいいですぅ、ああすごいわぁ、ああ、いい、いいぃっ」

生田家政婦はわななきながら、甲高いヨガリ声を上げる。ふいにきゅんと女の膣肉が締まり、そのまききりきりと怒張を締め上げてきた。

「おおっ、きついや、きつい、ああ締まる」

雄一はあっという間に追いつめられる。必死に踏ん張って、力任せに腰を打ち付ける。

「あくぅう、あ、もう……もう……い、イクぅ、ああイッちゃううう〜っ」

生田家政婦が断末魔の悲鳴を上げて、便器を抱えたまま弓なりに仰け反った。ほぼ同時に、雄一の灼熱の若竹も爆発した。

「お、お、おお、出る出るでるぅう」

うねる襞肉の奥へ、熱い粘液がびゅくびゅくと幾度も放出された。

欲望の限りを尽くした雄一は、剝き出しの尻をぺたりと床について息を整えた。生田家政婦はまだ便器にしがみついたまま、これまた白い尻を丸出しで、がっくり顔を伏せている。きちんと束ねてあった黒髪がほつれ、汗ばんだ白い首筋にまとわりつき、こぼれるほどの色香をかもし出している。ふくよかな双臀の狭間の秘裂は、若竿に突きまくられてぱっくり紅く口を開き、内側から白濁したスペルマがとろとろと漏れだして、淫猥この上ない眺めだ。次第にクールダウンしてきた雄一は、乱れたきった女のたたずまいに、ふいに自責の念にかられた。

「あ、あの、ごめん、あなたがステキだったから、つい、俺……」

生田家政婦はようやく身を起こすと、のろのろパンティとジーンズを引き上げた。さっきまでの狂乱した妖艶な表情は影を潜め、いつも通りの能面のような顔に戻っている。

「……お掃除の続きをしてよろしいでしょうか？」

冷静なその声に、弾かれたように立ち上がり、あわててトイレを出ようとした。すると、

「――四年……」

あちらを向いて掃除ブラシを握った生田家政婦が、ぽつりと言う。雄一は、

え？　と振り返る。

「――してません」

それきり、生田家政婦は無言で掃除に専念し始めた。雄一は返す言葉もなく、トイレのドアをそっと閉めた。胸の奥になにかちくちくした痛みが生まれていた。

5

その日も、一通りの家事を終えた生田家政婦が雄一の部屋を訪れた。

「他に御用はございませんでしょうか？」

雄一はベッドに全裸で横たわっていた。

「服を脱いで」

短く命令する。

「承知いたしました」

生田家政婦は無表情のまま、脱衣していく。脱いだ服はきちんと足元に畳み、全裸になって部屋の中央に立つ。

「これでよろしいでしょうか？」

雄一は少し顔を起こして、女の身体を舐め回すように見る。首から肩にかけてはほっそりしているのだが、乳房はたっぷりと大ぶりだ。少し重力に負けてうつむき気味な乳房に、大きめの肉色の乳輪に紅く尖った乳首。

薄く脂肪の乗ったまろやかな下腹部の中心部の濃い茂み。むっちりとした白い太腿。すべてが成熟して、むせ返るような色っぽさだ。ぴちぴちしてスタイルはいいが、何の情緒も感じられないエリカの肉体とは比べものにならない。半勃ちしていた肉棒が、ぴくんと反り返る。早くも雄一の身体が熱く興奮する。

「それじゃ、上に跨《また》がるんだ」

「承知いたしました」

生田家政婦は、巨乳をゆさゆささせながらゆっくりベッドに近づく。青白い頬に血の気が昇っている。密かに欲情しているのだ。雄一の顔を跨ぐ時、微かに内股が震えている。あの日から、もう何回も性奉仕させている。生田家政婦は命令にはなんでも従うものの、隠しきれない羞恥がそこかしこにうかがえて、それがなおさら雄一の淫らな興奮を誘う。

雄一は柔らかな太腿を開いて、女の股間に顔を埋める。むっと甘酸っぱいメスフェロモン臭がする。淫裂に指を這わせて、ぐいっと大きく花弁を押し開く。す

でにしとどに潤っている紅い粘膜に口を寄せる。舌でぬるぬると肉襞をなぞり上げると、

「あ、ん」

生田家政婦が甘い鼻息を漏らしてかくんと仰け反った。れろれろと小刻みに肉の裂け目を嬲《なぶ》ると、たちまち熱く粘っこい愛液がどっと滴ってくる。

「ふふ、家政婦さんのお○んこ、相変わらず敏感だねぇ」

「あふ……ああ、いけません……」

彼女は豊満な乳房を揺すって、快感と羞恥に喘ぐ。後から後から花唇の奥からねっとりした淫蜜が溢れ、雄一はそれを夢中ですすり上げる。

「ああん、いやぁん、はああ」

切な気に鼻を鳴らしながら、豊穣な臀部をくねくねと悶えさす。

「ほら、俺のもしゃぶれ」

「しょ、承知いたしました……」

生田家政婦の柔らかな唇が、股間に埋められる。

「んんむ……あふぁん」

女は硬く屹立した肉幹に温かな唾液をまぶして、紅唇で上下にしごく。ほっそ

りした指は陰嚢《いんのう》を優しく揉み上げる。

「お、う、相変わらず、良美さんのおしゃぶりはすごいや」

「ああん、んむぅう、ふううぐぅ」

色白の美貌をべたべたの唾液で汚しながら、生田家政婦は熱っぽく口奉仕に耽る。喉奥まで呑みこんでディープスロートを繰り返したかと思うと、そっと吐き出して、舌先を肉幹の裏から肛門の周囲にまで這わせていく。

「あ、ああ、たまんねぇ」

雄一は快感に呻きながらも、ふっくらした臀部を手で抱えて、ぐりぐりと淫肉の奥まで舌を突き入れて動かす。

「はあうん、むふううん、あふううん」

女は切な気に腰をくねらせながらも、唇に力を込めてきゅっきゅっとスロートを繰り返す。

「うう、もういいぞ。おい、上から入れろ」

「ああ……承知いたしました」

シックスナインを解いて、おもむろに雄一の股間に跨がる。ぱっくり開いて充血しきった花弁が、物欲しそうにひくついている。生田家政婦は片手で男の逸物を握ると、自分の淫裂の中心部に誘い、ゆっくりと腰を沈めた。ずずっと太い肉茎が呑みこまれていく。

「ああっ、はああぁん」

半開きの紅唇から白い歯をこぼれさせて、甘く喘ぐ。

「ほら、自分で動くんだよ」

雄一は腰を軽く上下に振って刺激する。

「あう、ああ、はい、あああ」

生田家政婦は両手を雄一の胸に突いて、上下に腰を動かし始めた。ぐちゅっぐちゅっと淫液の弾ける淫らな音が響く。

「うう、いい感じだぁ、お○んこ」

柔肉の極上の締め付けに、うっとり声を漏らす。見上げると、自分に跨がった生田家政婦が、たわわな乳房をぶるんぶるん揺らしながら、真っ白い肉体を妖艶にバウンドさせている。思わずその揺れる乳房に両手を伸ばし、指を食い込ませるように揉みしだく。

「あっ、あっあっ、ああ、い、いい……」

生田家政婦が頬をバラ色に染めて、甘いすすり泣きを漏らす。

「いいのか？　おっぱいが気持ちいいのか？　それともお◯んこか？」

かさにかかって、とろとろにとろけた媚肉を下からずんと突き上げてやる。

「はあぁっ、ああ、いい、ああ、おっぱいいい、ああ、お、お◯んこ、い、いいっ」

普段無表情を装っている彼女が、白い額に皺を寄せ快感に陶酔した淫靡な顔で、何度も淫らな言葉を繰り返す。

「そうか、いいか？　おい、もっと腰を振れよ、もっとよくなれよ」

淫褻の快美感に酔いしれながら、さらに催促する。

「あああ、ああ、ああ当たるぅ、ああ、当たるのぉ、ああ、気持ちいいぃ」

どすどすと腰を上下に打ち付けながら、生田家政婦は甲高いヨガリ声を上げ続ける。柔肉の締め付けが一段と強くなる。

「お、お、イクのか？　おい、イケよ」

雄一は子宮口をこじ開けんばかりの勢いで、怒張をがんがん突き上げてやる。

「ああうっ、あふぁっ、だめぇ、ああ、もうイッちゃぅ、イッちゃうわぁあ」

生田家政婦が柔らかな黒髪を振り乱しながら、絶頂を告げる。当初は熟女の熟れ肉の責めに、たちまち昇天させられたものだったが、このごろは雌肉のツボを押さえ、何度も女をイカせるこつを覚えたのだ。

「だめぇぇえええええ～」

びくびくと膣肉が震え、白い身体ががくりと前のめりになる。雄一はその柔らかな肉体を受け止める。細い肩を喘がせ、熱い呼吸をついている女は、長い睫毛《まつげ》を閉じてうっとり絶頂の余韻に浸っている。

「なに一人で気持ちよくなってるんだよ。こっちはまだまだだぜ」

雄一は熱化したままの淫棒を挿入したまま、女の身体を抱えて上下の体位を入れ替える。どさりとベッドに仰向けになった生田家政婦の白い肌は、汗ばんで艶《なまめ》かしく光っている。雄一は両手を突いて、緩やかにほぐれ始めた肉層の中に、力強いストロークを打ち込み始める。

「うああっ、あ、や、も、もう、死んじゃう……許してぇ……」

生田家政婦は首をがくがく揺らしながら、苦し気に懇願する。

「ダメだ、俺がイクまで付き合うんだ」

腰に力を込めて、若茎をぐいぐい抜き刺しする。

「あううぅ、し、承知いたしました……ああっ、あっ」

女は再び血の気が昇ってきた顔を歪めて、追いつめられた吐息を漏らす。

「も……もう、だめ、ああ、だめもう、そんなにしないでぇ、あああ」

幾度も襲ってくる悦楽に、悲鳴のようなヨガリ声を上げ続ける。

「ダメなもんか、またお○んこ、締まってきたじゃないか。このインラン。インラン家政婦！」

雄一は勝利感に酔いしれて、腰をねじこむようにして深々と淫肉を抉りこむ。

「あくぅ、あひぃ、ああ……やぁん、ま、またイク……またイキそうよぉ」

豊かな黒髪をざんばらに振り乱しながら、生田家政婦は鼻にかかった色っぽい声で訴える。女の粘膜がきゅっきゅっと小刻みに収縮を繰り返し、雄一を追いこんでくる。

「うう、あ、あ、俺、出そうだ、ああ、出るああ出る出る出すぞ、ああ出すぞぉ」

さらに抽送のピッチを上げた。

「ああ、来て、もう来てああ、ああああ」

生田家政婦が全身を震わせて、甘美なヨガリ声を上げる。しなやかな両手が雄一の背中に回され、きつくしがみついてくる。

「う、うお、おおおおおぅ」

雄一は獣のように咆哮《ほうこう》しながら、快感の頂でどうっと爆発した。続いて、第二波第三波が、びくっびくっと放出される。目の前が真っ白になるような甘美な放出感に、うっとり目を閉じた。

＊　＊

「もしもし？　あ、親父？　うん、ああ、大丈夫、うまくやってるよ」

雄一はキッチンで、半月ぶりの父からの電話に出ている。片手は携帯を持ちながら、片手はシンク台に向かって野菜を刻んでいる生田家政婦の、スカートの中に潜りこんでいる。パンティの脇から潜りこんだ指は、すでにしとどに潤っている秘肉の中を掻き回している。彼女は、頬を火照らせながら、雄一の愛撫に耐えている。

「え？　ああ、家政婦さん？」

雄一はおもむろに立ち上がり、背後からぴったりと女に密着した。片手で素早く女の下着と自分のジャージのズボンを下ろす。そのまま硬直した剛棒で、ずぶりと後ろから貫く。

「うくうぅぅう」

生田家政婦が歯を食いしばり、喉元まで出かかった喘ぎ声をこらえている。雄一はずんずんと激しく粘膜を抉りながら、父と話し続ける。

「うん、あの家政婦さん最高だよ。すごく役に立ってくれてるよ」

女の秘襞は、携帯にまで届きそうなほどぐちゅぐちゅと音を立て、淫らに愛蜜を弾かせていた。

お掃除します

1

夕刻、会社帰りの澤田裕也《さわだゆうや》は、駅前のコンビニで購入した弁当と缶ビールの入った袋をぶら下げて、のろのろ坂道を上った。

坂道を上りきるとすぐ、同じような小さな建て売り住宅が五軒並んでおり、一番右端が、澤田の家だ。どの家も夕飯時で窓に灯りがついているのに、右端の家だけは真っ暗だ。

裕也は玄関の鍵を開け、サンダルやらスニーカーやら郵便物が乱雑に転がっている三和土《たたき》に、革靴を脱ぎ捨てて、灯りもつけずに廊下の先のダイニングキッチンに進む。

ダイニングのドア口で、手探りで電気のスイッチを入れた。ぱっと、天井の蛍光灯がつく。交換時期をとうに過ぎているはずの蛍光灯は、ちかちか目障りに点滅を繰り返す。薄暗い灯りの中に浮かび上がったダイニングは、ごみ溜めと化していた。

テーブル、椅子、ソファ、床。ありとあらゆる所に、インスタント食品の食べあと、コンビニ弁当の容器、空き缶やペットボトル、丸めたレシートやティッシュといった紙くず、使ったままのタオル、読み捨てた雑誌や新聞、脱ぎ散らかした下着や靴下や服等々……が、散乱している。食べ残しや飲み残しが容器に放置されたままで、かすかに腐臭もする。

「ふぅ……」

裕也は深い溜め息をつくと、床の散乱物を乗り越えて、キッチンに行く。キッチンもダイニング同様だ。使った食器や鍋が、うずたかくシンクに積み上げられたまま。生ゴミも分別ゴミもごちゃごちゃにコンビニの袋に雑に押し込めて、床に転がしてある。

冷蔵庫を開けると、放置したままの何かが腐ったのか、異様な匂いがむっと押し寄せたので、あわててばたんと扉を閉めた。のっそりとダイニングに戻り、ソファの上のゴミを手で払って床に落とすと、スーツの上着をそこらに脱ぎ、どさりと横になった。

コンビニの袋から焼き肉弁当を取り出し、仰向けになった腹の上に乗せ、ほおばりだした。ビールのプルトップを引きながら、ふとくんくんと自分の腋の下の匂いなど嗅いでみる。つんと、すえた体臭がする。もう四日も風呂に入っていない。

「ま……明日でいいや……」

裕也は、めんどくさそうにつぶやき、もくもくと弁当を咀嚼《そしゃく》した。

ビールを二本空けると、ほろ酔いになり、ソファの上でうとうとしだした。

（あなた……）

妻の善美《よしみ》の声が聞こえた気がした。

（善美、帰ってきたのか？）

裕也が眼を開けると、目の前に色白でふっくらした妻の姿があった。

（あなた……長いことほうっておいて、ごめんなさい）

善美がすべすべした白い両手を差し出す。裕也は、その手首をぎゅっとつかんで引き寄せた。温かく柔らかい妻の身体をしっかりと抱き、その唇をきつく吸い上げた。

(ん……んふぅ……ん)

善美が甘い鼻声を漏らす。舌をこじ入れて、妻の口腔を存分に舐った。

(あふぅ……ふぅん……はぁ)

彼女の舌が積極的に絡んできて、くちゅくちゅと淫らな音を立てながらお互いの舌を擦り合わせる。裕也は服の上から、妻の大振りの乳房をゆっくり揉みしだいた。

(あ……ん、や、あぁ……ん)

裕也の腕の中で、善美がくねくねと身悶えする。すでに彼の肉茎も、熱く硬化して痛いほどだ。その盛り上がったズボンの股間を、妻の下腹部に擦り付けると、彼女も物欲しげに腰を振り立ててくる。

(は……ふぁ……あ、あなたぁ……あぁ、もう……待てないのぉ……)

紅唇を離した善美が、熱い吐息を漏らしながら艶かしい目つきで見上げる。

(俺もだ——欲しい)

裕也は、素早く善美のスカートを捲り上げパンティを引き下ろすと、自分のズボンも下げ、熱く滾《たぎ》った肉竿を取り出した。善美の恥毛の茂みに指を潜り込ませ、秘部をなぞると、びくりと妻の身体が震える。ほころびかけた花唇を割って指を突き入れると、そこはもうとろとろに潤んでいた。

(挿《い》れるよ)

裕也は笠の張った先端で、ぬかるんだ蜜口をくちゅくちゅと掻き回した。

(はぁっ……あぅん……やぁん、あなたぁ……じらさないでぇ、早くぅ……)

善美がもどかしげに、身悶えする。少し腰を引くようにしてから、ずぶりと柔襞を割って、一気に最奥まで突き上げた。

(ひっ……はぁあっ……ああっ)

善美が背中を反らせて、あられもない声を上げる。

裕也は妻の双臀をぐっとつかむと、ずぶずぶと硬茎を抜き差しした。女の媚肉が、きゅうきゅうと男の肉胴に絡み付き、締め上げてくる。

(お……ぅ、いいよ……お○んこ、いい……)

裕也は、柔襞の淫らなうねりの生み出す悦楽に、腰を震わせる。

(はぁあっ……あぁあっ……あぁん……あぁ、だ、め、も……もうっ……っ)

善美が絶頂に押し上げられて、甘いすすり泣きを漏らす。裕也は、ずぐずぐと愛液を弾かせながら腰を繰り出し、自分も高みに昇っていく。

（あぁああ……い、イク、イクわぁ……あぁぁあぁあっ……っ）

善美がびくびくと全身を痙攣させる。

（ふ……ぁっ……出るっ……うっ）

裕也も同時に、妻の中へ激しく白濁した飛沫《ひまつ》をぶちまけた。


「……あっ……！」

びくりと眼覚めた。

ちかちか濁った光で瞬《またた》く天井の蛍光灯が、眼に飛び込む。

「あー……くそぉ……」

裕也は居眠りしていたソファで、気だるく身を起こした。

ズボンの股が、ぬるぬるする。

久しぶりに、夢精してしまったのだ――。

裕也の妻が家を出ていったのは、二年前だ。

出入りの車会社の営業の男と、駆け落ちしてしまったのだ。裕也はそれまで、典型的な会社人間であった。仕事にかまけて、家庭のことは善美に任せきりで、彼女のことを顧みなかった。無口なたちの妻は、黙々と裕也との生活を送っていたが、長男が就職し次男が地方の大学に合格すると、それを待っていたかのように、男と遁走《とんそう》した。

裕也は全く気がつかなかったが、善美と車会社の男は、何年にもわたって関係を持ち続けていたらしい。

裕也の中の何かががらがら音を立てて崩れ、それ以来、すっかり生きる気力が失われてしまった。一人暮らしになった一戸建てで、今まで家のことはいっさいしてこなかった裕也は途方に暮れた。炊事も洗濯もせず、インスタントとコンビニのもので食事をすませ、汚れた服や下着は、そのまま廃棄した。そのうち、掃除もゴミ出しもしなくなり、家の中はゴミ屋敷に成り果てた。ろくにシャワーも浴びず、不潔な匂いを漂わせて会社に来る裕也に、同僚も次第に距離を置くようになった。たまに息子たちが忠告めいた事を口にしても、いっさい耳を貸さず、生きる屍《しかばね》のような暮らしを送っていたのだ。

2

いつものように定時に会社を出て、コンビニで弁当とビールを買って家に向った裕也は、坂道を上がりきった所でふと足を止めた。

五軒並んだ建て売り住宅の一番右端の家に、煌々《こうこう》と灯りがついていたのだ。

「……まさか？　善美が？」

裕也の胸がどきんと高鳴った。あわてて家まで駆け出し、玄関のドアノブに手をかけると鍵が開いている。一歩家に足を踏み入れると、玄関は綺麗に掃除され、灯りのついた廊下もぴかぴかに磨き上げられていた。

「善美！」

思わず大声で呼ぶと、

「はい……」

しっとりした女の声が答えた。

「え？　あ……？」

妻の声ではなかった。玄関に立ち尽くす裕也に、ぱたぱたとスリッパの音をさせて奥から女が現れた。

歳の頃は四十前後だろうか。色白で小作りの綺麗な顔立ちに、黒目がちの瞳が印象的だ。簡素なTシャツにジーンズ、白いエプロンを着け、化粧気はなく、長い黒髪を無造作に後ろでゴム留めにしている。

呆然としている裕也に、女はまごころ家政婦協会の身分証を見せ、無表情だがきちんと両手をそろえて頭を下げた。

「今日から派遣されました、家政婦の生田良美《いくたよしみ》です。よろしくお願いします」

「か、家政婦、さん?」

裕也はぽかんとした。

「澤田健一《けんいち》様と洋次《ようじ》様からご依頼されました。毎日朝七時半から午後七時半までの契約です」

(そうか、息子たちが見るに見かねて、家政婦をよこしたのか)

やっと合点がいった。

生田家政婦は、ちらりと腕時計に眼をやりながら、

「お夕飯はダイニングにありますので、レンジで温めてお召し上がり下さい。それでは、私は時間なので失礼いたします」

と言うと、一礼してエプロンを外し、玄関に立っている脇をすり抜けるようにして出ていった。狭い玄関で女の柔らかな腕が、裕也の肘にかすかに触れた。

(美人だけど、愛想がないな)

靴を脱いでダイニングキッチンに入ると、裕也は思わず感嘆の声を上げてしまった。

昨日までのひどい汚部屋が、ちり一つなくきちんと掃除されていた。ソファもテーブルも磨き上げられて、新品のようだ。

「うわぁ、こんな綺麗な部屋だったっけ」

キッチンも汚れ物は全部片付いていて、布巾や食器洗いのスポンジは、真新しいものに替えられている。カビの生えていたシンクも、顔が映るほどに磨かれている。冷蔵庫を開けてみると、腐った野菜や賞味期限切れの食べ物は全て廃棄されて、新鮮な卵と牛乳が補充されていた。

ダイニングのテーブルの上には、ラップをかけて、アジフライと野菜サラダの夕食が用意されてあった。

スーツを脱ぎ捨ててテーブルについて箸を取り上げた時、天井のちらついていた蛍光灯も、新しいものに取り替えられているのに気がついた。アジフライを一口食べて、眼を丸くした。

「美味い！　無愛想だけど、家政婦としては優秀だな」

咀嚼しながら、裕也は生田家政婦が妻と同じ読みの名前だったな、と思う。ふと触れた、生田家政婦の柔らかく温かい身体の感触が生々しく蘇る。艶《あで》やかな黒髪を束ねた細くて白いうなじから、かすかにシャンプーの甘い香りもした。ふいに下腹部に血流が集まってきて、裕也は困惑した。

食事が終わると、焚いてあった風呂に久しぶりに入り、二階の寝室に綺麗に延べられていた日干ししたての布団に、潜り込んだ。

「あー……気持ちいー……っ」

ふかふかの布団でのびのび手足を伸ばして寝られる幸せを、しみじみ味わった。ところがなかなか下腹部の硬化が収まらない。生身の女性とのわずかな接触だけでこんなに興奮してしまうとは——考えたら、妻が失踪して以来、自慰などする気にもならなかったのだ。

裕也は、そっとトランクスの中の充血した男根に手をやり、肉胴を握りしめた。

（生田さんって、結婚してるのかな）

そういえば、左手に結婚指輪をしていた。成熟した女性の魅力をふりまく彼女が、独り身のわけはないか、と思う。

（くそう、あんないい女を妻にしてるやつがうらやましいぜ……）

裕也は鼻息を荒くしながら、肉茎を擦り上げる。たちまち四肢に痺れるような快感が生まれる。

「っ……ふぅっ……」

低く唸りながら、夢中で熱い昂りをしごいた。あっという間に絶頂に達する。

「くっ……！」

脳裏で、生田家政婦の無愛想な美貌に向けて、熱い濁液をびゅくびゅくと飛ばした。

3

翌日の朝。

「おはようございます、家政婦の生田です」

時間きっかりに、生田家政婦が現れた。寝ぼけたままTシャツにトランクス姿でのそっと出迎えてしまった裕也に、彼女は眉一つ動かさず、言う。

「朝食をお作りいたします」

手提げバッグからさっと取り出したエプロンを、細い腰にきゅっと巻くとてきぱきと炊事を始める。その後ろ姿を、ダイニングの椅子に座って裕也はぼんやり眺めていた。

（いいケツしてる……）

ぴったりしたジーンズを丸く盛り上げるヒップが、かいがいしく立ち働くたびに、ぷりぷりと誘うように揺れる。全体的に華奢に見えるのに、バストは意外に大きい。

「どうぞ、お召し上がり下さい」

と、料理をテーブルに並べる際に、前屈みになると、シャツのたるみから白い胸元の谷間がちらりとのぞけた。裕也は、自分がいささか欲情していることに気づき、あわてて顔をそむけて箸を取った。

「それでは、お洗濯にかかります」

食事をしている裕也に生田家政婦はそう言いおいて、浴室の続きにある脱衣所に向った。何気なく味噌汁をすすっていた裕也はあっと気がついて、箸を投げ出してダイニングを飛び出した。

息せき切って脱衣所に飛び込むと、生田家政婦が、脱衣籠の中の汚れ物を仕分けしていた。トランクスは昨夜のオナニーの後始末をしたので、精液でべったりと汚れている。彼女は、まさにその汚れたトランクスを広げているところだった。

「あっ、それ……」

思わず声を上げた裕也を、生田家政婦はちらりと見上げた。

「始末しておきましょうか？」

感情のこもらない声に、かえって救われる思いで、

「お、お願いします」

「承知いたしました」

裕也は顔を赤らめたまま、ダイニングに戻った。

（まったく、母親にオナニーを見られた高校生じゃあるまいし……）

自分のうろたえぶりに苦笑してしまう。

食事を済ませて、玄関にかかっている鏡でネクタイを結んでいると、生田家政婦が大きなゴミ袋を両手に抱えて出てきた。

「あ、今日は燃えるゴミの日か」

「はい」

彼女は家の前にゴミ袋を下ろすと、また取ってかえす。

(そうだ、あれだけの大掃除をしたのだから、大量のゴミが出たに違いない)

出たゴミは裏口にまとめておいたらしく、生田家政婦は幾度も家の前と裏口を往復して、ゴミ袋を運んでいる。彼女の白い額にうっすら汗が浮いている。

「あ、手伝うよ」

思わず手を貸そうとすると、

「いいえ、私の仕事ですから」

と、さっと手を引いた。そのとたん、バランスを崩した生田家政婦がよろめいたので、裕也はとっさに彼女の細腰を抱きかかえるようにして受け止めた。

「あ……」

女が小さく声を上げた。整った白い顔がすぐそこにあり、黒目がちの綺麗な瞳が見上げる。一瞬抱きしめるような形になってしまい、裕也はあわてて身を引いた。

「ありがとうございます」

生田家政婦は何事も無かったかのようにゴミ袋を抱え直すと、玄関から出ていった。

裕也の身体に、女の熱い肉体の感触が生々しく残った。

日ごとに生田家政婦の存在が大きくなっていった。

化粧気がないので、逆に素顔の美しさが際立っている。染み一つない肌理《きめ》の細かい白い肌。大振りの乳房に柳腰。無表情にてきぱきと仕事をこなす姿があまりに禁欲的過ぎて、内に秘めた悩ましさがにじみ出てしまっているようだ。裕也はしかし、自分の中で膨れ上がる情欲を理性で抑え込んでいた。

4

その日、裕也は全身がだるくて仕方なかった。目元が熱っぽく潤み、頭痛が止まらない。時間が経つにつれて、悪寒で全身が震えてきた。これは風邪をひいたらしいと、夕方になる前に、会社を早退した。

家に戻ると、生田家政婦が一階で掃除をしていた。廊下に背を向けて掃除機をかけている。裕也は熱でぼんやりしたまま、玄関に立ち尽くした。女のすんなりした背中とふっくらした尻の動きが、裕也の劣情を煽る。掃除機の騒音で玄関に彼がいることに気がつかなかった生田家政婦は、ふっとこちらを振り返り、驚いたように眼を見張った。

「まあ、もうお帰りでしたか？」

「――熱が出たみたいで、早退してきた」

裕也はのっそりと靴を脱いで、家に上がった。生田家政婦が、心配そうに近寄ってきた。

「今、お二階にお布団を敷きますから……」

裕也の腕に手がかかる。裕也の心臓がどきんと跳ね上がる。生田家政婦は、階段を昇る裕也に手を貸そうとしているのだ。

「あ、いや……一人で大丈夫です」

「いけません、足元がふらついていますよ」

まるで子どもに言い聞かす母親のようだ。彼女に支えられて階段を昇った裕也は、ぴったり寄り添った女体の感触に、ますます熱が上がりそうになる。

パジャマに着替えると、生田家政婦が手際よく敷いてくれた布団に横になる。糊のきいたシーツが心地良い。

「熱いですす。冷やすものを持ってきますね」

裕也の額にそっと掌《てのひら》を置いてから、彼女が立ち上がった。裕也は、思わず手を伸ばして、女のほっそりした足首をつかんだ。

「あの——お願いだ」

「はい、何でもおっしゃって下さい」

黒目がちの瞳が裕也をじっと見た。

「こっちを——冷やして欲しいんだ」

いきなり布団をずらしてみせる。パジャマのズボンの上からでも、明らかに股間が大きく隆起している。熱に浮かされて、理性のたがが外れてしまったようだ。

「……」

生田家政婦は、黙って裕也の股間を見つめた。裕也は女の視線だけで、股間がますます膨張するのを抑えることができなかった。

「承知いたしました……」

生田家政婦がひっそりした声で答えた。彼女はゆっくりエプロンを外すと、布団の脇に膝を折った。ほっそりした白い指が、裕也のパジャマのズボンにかかる。その時、ふいに正気に戻った。

「あ——すみま……そんなこと」

言い終わるより早く、生田家政婦はトランクスと共にズボンを引き下ろし、昂って反り返った男根を剝き出しにした。我ながら驚くほど、てらてらと紅く漲《みなぎ》っている。

「まぁ……」

生田家政婦が、かすかに声を漏らした。そして、すべすべした右手で肉茎を握ると、ゆっくりと上下にしごき始めた。

「ぅ……あ……」

下肢が痺れるような甘い悦楽に、思わず低く呻いた。先端からたちまちカウパー液が漏れ出て、女の手をねばねばと濡らす。小さな手に包まれて、肉竿が一段と膨れる。

「熱いです……」

生田家政婦はそうつぶやくと、おもむろに裕也の股間に顔を寄せてきた。

「あ……っ」

女の柔らかな唇が、笠の張った先端を優しく包んだ。

「ん……んふぅ……」

生田家政婦は甘い鼻息を漏らしながら、亀頭のくびれを舌でぬるりと何度もなぞる。

「うぁ……あ、そんなこと……」

熱くぬらつく舌の動きに、びくりと肉茎が反応した。

「ふ……んんっ、ん……」

彼女は紅唇を目一杯に開き、太い肉胴を徐々に呑み込んでいく。喉の最奥まで深々と咥《くわ》え込むと、ゆっくり頭を上下に振り立てた。

「んんっ……ふぁん……んんぁ……」

唇をきゅっとすぼめ、肉幹を締め付けながら舌腹でねろりと肉胴を撫で上げる。

「うぉ……す、ごい……」

人妻の極上の口腔愛撫に、裕也はうっとり眼を閉じて法悦の世界を彷徨《さまよ》った。

女は、根元まで深々と呑み込んでは、ちゅぷちゅぷと唾液の音を淫猥に響かせながら紅唇を滑らせる。うなじで束ねた黒髪がほつれ、ぽうっと上気した頬に垂れかかり、艶かしさを引き立てる。

「んふぅ……はふぁん……んんっ」

くぐもった喘ぎ声を漏らしながら、生田家政婦は甘美な抽送を繰り返す。あまりの快美感に、裕也はたちまち昇り詰めてしまう。

「ぉう……あ、だめ、もう、出る……っ」

裕也が呻き声を昂らせると、女は根元に添えた右手に力を込めて、しごきながら頭を振り立てる。太竿が、どくんと女の口腔で膨れ上がる。と同時に、生田家政婦がきゅうっと紅唇で肉胴を締め上げた。

「うぉお……っ」

びゅっと最初の一撃が、女の喉奥に発射された。

「んんん……んふぅ……あぁふうん」

続けて連射される熱い粘液の塊を、女は妖艶な呻き声を漏らしながら、ことごとく呑み干した。

「は……ぁ……ぁ」

男の精を最後の一滴まで搾り取ると、生田家政婦はようようと顔を上げた。色白の頬が紅く上気し、口の周りが唾液と呑みこぼれた精液でぬら光り、いつもの無表情な美貌が淫らに艶《なまめ》かしい。

「これで熱が……下がりますか？」

生田家政婦はパジャマのズボンをきちんと直すと、潤んだ眼で見つめた。

「とても――よかった……ありがとう」

射精後の愉悦の余韻と、心地よい脱力感に浸りながら答える。

「今、冷やしタオルをお持ちします」

いつもの冷静な表情に戻った生田家政婦が、すっと立ち上がって寝室を出て行く。裕也は、ぼんやりした眼でその背中を追いながら、さっきのことは、熱に浮かされた夢ではないのだろうか？　と思っていた。

今までの不摂生な生活がたたったのだろうか、その夜、裕也は高熱に苦しんだ。

裕也に熱冷ましの薬を飲ませ終わった生田家政婦は、

「それでは、時間ですので失礼します」

何事もなかったかのように、引き上げていった。

(不思議な女性だ。貞淑なのか淫らなのか、さっぱりわからない……)

熱に浮かされながら、夢うつつで生田家政婦のフェラチオの感触を思い出していた。時々、家政婦の顔が妻と入れ替わったりして、混濁した意識の中で、下腹部が異様に熱く燃え上がっていた。

5

翌朝。いくらか熱が下がり、うとうとしていると、

「おはようございます。お加減はいかがですか？」

からりと襖《ふすま》が開いて、生田家政婦が顔を出した。湯気の立つ洗面器とタオルを手にしている。今日は、いつものジーンズではなく、セミロングのグレイのスカートを穿いていた。すらりとした白い素足がのぞいている。

「あ……昨日よりは——楽です」

ふらつく身体で起き上がろうとすると、畳に洗面器を置いて、生田家政婦がさっと背中を支えた。

「まだ身体が熱いですわ。無理なさらず。ひどい汗で寝苦しかったでしょう。お身体を拭いてから、新しい寝間着に着替えましょう」

そう言うと、裕也のパジャマをそっと脱がせ始める。だるい身体を任せながら、ちらりと彼女の顔を見ると、ほんのり薄化粧している。ほとんど素顔に近いのだが、軽くはたいたファンデーションとローズピンクのルージュがいつになく彼女を色っぽく見せている。

上半身を脱がせた生田家政婦は、洗面器を引き寄せ、タオルを絞るとそっと裕也の身体を拭《ぬぐ》い始める。熱いタオルの感触が汗でべたつく肌に心地よく、じっと眼を閉じてされるがままになっていた。上半身を綺麗に拭い終わると、裕也を布団に横たわらせ、女はパジャマのズボンに手をかけた。

「あの……下もお拭《ふ》きしますので」

裕也はびくりとして、眼を開けた。生田家政婦は顔色一つ変えず、するりとズボンを脱がせてしまう。

「あ……」

裕也はあせったが、身体が重くて動くのもおっくうだ。生田家政婦は、剝き出しになった男の下半身を黙ってせっせと拭いている。

「……生田さん、共働き？」

妙な沈黙を破ろうと、裕也が声をかける。

「……いえ」

そのまま黙りこむ。裕也はまずいことを聞いたのかと、あわてて取り繕う。

「あ、でも、生田さんくらい美人で、何でもできる奥さんがいると、旦那さんは嬉しいよねぇ」

生田家政婦は答えなかった。うつむいてタオルを使うと横顔が、妙に艶かしく、ふいに裕也は劣情を催してしまう。

（やばい……！）

と、あせった瞬間、裕也の陰茎がむくむくと顔をもたげてきた。ちょうど股間を拭っていた女の手が、ぴたりと止まる。勃起した滾りを見つめるその眼が、物欲しげに妖しく潤んでいくようだ。

「……乗っていいよ」

その言葉に生田家政婦がはっと振り向く。裕也はうなずく。彼女が命令には忠実であることを思い出し、口調を変えてみる。

「上に、乗れよ」

「……承知いたしました」

生田家政婦はすっと立ち上がると、スカートを捲り上げた。むっちりした太腿まで露になり、シンプルな白綿のパンティに包まれた下腹部が現れた。そのパンティに指をかけて、女はくっと踝《くるぶし》まで下ろしてしまう。意外に濃い陰毛に包まれた秘部が剝き出しになる。裕也はごくりと生唾を飲んで、見上げていた。

生田家政婦は、ゆっくりと裕也の股間の上に馬乗りになるように跨いだ。

「よろしいのですか？」

目元をかすかに紅く染めて、聞く。

「好きなように、動くんだ」

「承知いたしました……」

女のほっそりした指が、硬く滾った男根の根元に添えられた。生田家政婦は、大きくかがんだ姿勢のまま、ゆっくり腰を沈める。笠の張ったカリ首の太い先端が、ぬちゅっと淫唇に当たった。

「あ……っ」

女が甘い溜め息を漏らす。ほころんだ花唇は、すでにたっぷりと淫蜜をたたえていた。生田家政婦は、ぬかるんだ蜜口を男の笠の先端でぬるぬると擦るように腰を揺らめかした。

「はぁ……あっ……ぁ」

くちゅくちゅと愛蜜の弾ける淫猥な音が立つ。

「お……熱い……それにどろどろだ……」

裕也は、すでに蕩けている女の秘部の熱さに驚く。女は、潤んだ眼で裕也を見る。

「いやあ……言わないでください……」

そう言うや、ゆっくり腰を振る。

「んんふぅ……はぁ……はあぁ……」

秘裂を割るようにして、男のカリ首がぐちゅぐちゅと行き来すると、女は白い喉を仰け反らして、切なげに喘いだ。

「っ……あぁん……あぁ、ふぁあん」

膨れた先端が、充血してぷっくり膨れたクリトリスに当たると、びくりと女の腰が震えた。とたんに、肉腔の奥から新たな愛液がどろりと溢れてくる。

「あぁ……気持ち……いい、いいですぅ……やぁあん……も、もう……っ」

よほど禁欲していたのか、浅瀬を掻き回しただけで軽いアクメに達してしまったようだ。下から見上げる裕也は、ブラウスの胸元を押し上げて揺れる乳房の大きさに驚嘆し、思わず手を伸ばして服の上からむにゅっと握りしめた。

「ふぁぁっ」

生田家政婦が、背中を仰け反らして喘いだ。下から掬い上げるように乳房をもみしだくと、服の上からでも乳首がつんと尖ってくるのがわかる。

「そら、動きが止まってるよ——もっと奥まで入れて」

「しょ……承知いたしました……」

喘ぎながら押し入るように腰を深々と落としてきた。

「あぁっ……あぁん……ふぁん」

ずぶずぶとしゃぶるように男の肉楔を呑み込んだ淫襞が、悦楽を貪って蠢く。

「うぉ……締まる……すご、い」

女の肉襞の締め付けに、裕也は喜悦の呻き声を漏らした。生田家政婦は、根元まで呑み込むと、腰を引き上げ、また下ろす。

「はあっ、ああ、深いぃ……お、奥まで……っ」

淫らに腰を蠢かせながら、女が仰け反って愉悦の溜め息を漏らす。裕也は、ブラウスのボタンを外すと、巨乳を包んでいた白いブラジャーを押し上げた。ぷるんと白桃のような乳房が弾み出る。丸い乳丘に勃ちあがっている紅い乳首を指で摘んできゅっとしごいた。

「ひぁっ……あっ、やぁん、あぁっ」

びくんと女が腰を浮かせた。

「ほら、もっと動いて!」

裕也が乳首をなぶりながら命令すると、

「ふぅん……あぁ、承知いたしました……」

生田家政婦は、切ない声を上げながら、腰を激しく上下させる。ぐっちゃぐっちゃと、淫液の弾ける淫らな音が響く。

「ふぁ……あ、あぁん、あはあん」

美貌を淫らに染めながら、生田家政婦が悩ましげに首を振ると、豊かな黒髪がほどけ、ばさりばさりと鳥の羽ばたきのように舞う。

「いいのか？　お○んこ、いいのか？」

裕也が女が腰を落とすのに合わせて、下から軽く突き上げてやると、女の嬌声が一段と昂る。

「ひ……ぁあ、やあん……お○んこ、いいですぅ……いいっ……」

「っ――すげぇ……家政婦さんの、お○んこ、最高だよ」

突き上げると奥まできつく引っぱり込み、抜ける時は逃さないとばかりに絡み付く媚肉の法悦に、裕也も酔いしれる。

「ぁあん……だめぇ……あ、も、もう……イキそう……あ、イッちゃううぅう」

きゅうっと熱く熟れた膣襞が一段と締まり、女がびくびくと腰を痙攣させた。

「は、あぁ、あ、イク……イクぅ……あぁあぁあああぁ……っ」

「ふ……っ……俺も……っ」

女が絶頂に達した直後、裕也も堪えきれずに激しく弾けた。

「や……ぁあぁあ……あぁあぁあぁん」

達した後も、女の柔襞は搾り取るようにきゅうきゅう蠢き、裕也はびくんびくんと幾度も精を放った。

6

生田家政婦の献身的な看病で、裕也はほどなく快復した。

見違えるように身ぎれいになり生き生きと仕事をしている裕也に、周囲は驚きを隠せなかった。次第に会社での評判も高まった。

「お帰りなさいませ。お食事にしますか？　それともお風呂に？」

帰宅するとエプロン姿の生田家政婦が、玄関に迎えに出てくる。

「そうだな……」

上着を脱いでネクタイを緩めた裕也は、床に置いた鞄を拾い上げようとかがんでいる生田家政婦を、背後から抱きしめた。

「こっちが食べたいな」

「あ……いけません……」

裕也は、女の白い首筋にねろりと舌を這わせながら囁く。

「だって……就業時間が終わっちゃうよ」

そう言いながら、貝殻のように薄い女の耳朶《みみたぶ》を甘噛みし、片手で服の上から胸をまさぐり、もう一方の手でセミタイトのスカートに包まれた尻を撫で回す。

「ぁん……やぁ……あ」

女の身体からみるみる力が抜けていく。裕也は、さっとスカートを捲り上げ、パンティの端から和毛の奥に指を潜らせた。

「や、ひっ……」

「俺にこうされるのを待っていたのかな？　ほら、もうここがこんなに濡れて……」

ぐちゅりと濡れた音を響かせて、秘唇を割った指が、ゆっくりと中を掻き回す。

「ふぁん……あ、だめ……あぁ……」

生田家政婦が、裕也の腕の中で切なげに身悶えする。指の腹に溢れる愛蜜をたっぷり受けて、包皮から頭をのぞかせた秘豆にぬるぬると塗り込めた。

「ひぁっ……やぁっ、そこ……だめっ」

女はクリトリスを弄《いじ》られるたびに、びくんびくんと腰を跳ね上げて悶える。どうっと大量の淫蜜が溢れて、股間をぐっしょり濡らす。女の腰が浮くたびに、柔らかな尻が男の股間を擦って、刺激する。

「この膨れたお豆を弄られるのが、君は大好きだよね」

裕也は女の耳穴に舌を差し込んで舐りながら、尖りきった秘豆を指の腹でこそぐように揉み込む。

「はぁっ……あぁあ、いやぁ……」

男の手が、セーターの裾から潜り込み、ブラジャーの中で凝《しこ》っていた乳首を弄《もてあそ》びだすと、生田家政婦が背中を仰け反らして、切なげに悶えた。

「ぁあ……ぁあん……だめぇ……もう……」

凝った乳首と膨れ上がったクリトリスを同時に責められ、女は狂おしげに首を振る。

「欲しい？」

裕也が耳朶の後ろにぺろぺろと舌を這わせて囁くと、そこも性感帯の彼女はぶるっと身体を震わせて、切れ切れに答えた。

「ほ……欲しい……です」

裕也は秘豆をくりくりと弄《いじ》りながら、硬く隆起した股間を女の尻に擦り付けた。

「ちゃんと、おねだりするんだ」

「ぁん……承知いたしました……」

生田家政婦は切羽詰まった声で、答える。

「お、お願いです……澤田様のものを、ここに挿れて……」

「もっと、はっきりと言うんだ！」

裕也は、どろどろに蕩けた蜜口をぐちゅぐちゅと掻き回しながら、命令する。

「ふぁ……っ、あ、……澤田様の立派なお○んちんを、わ、私のすけべなお○んこに、挿れて下さい！」

生田家政婦が、切ない声を上げて柔らかな尻を誘うように振る。

「ようし、わかった」

裕也は女の身体を前屈させて、床に手をつかせた。スカートを腰まで捲り上げて、ぐっしょり濡れた薄いパンティを引き下ろす。脂肪の乗った真っ白い双尻の間に、ぱっくり開いて濡れ光る紅い陰唇が丸見えになる。

「あ……あぁ、挿れ……て下さいっ」

女がもどかしげに豊穣な臀部を揺さぶる。

「そら」

裕也はズボンを下げてがちがちに勃ちきった淫棒を取り出すと、ひくひく蠢いて誘う淫襞の狭間に押し当てた。そのまま子宮口を突き破りそうな勢いで、ぐぐっと押し入る。

「はぁあっ、熱い……あぁぁぁあっ」

疼く媚壁を一気に擦り上げられて、女が猥《みだ》りがましい悲鳴を上げた。

「お……ぅ、すごい締め付けだ……そんなに欲しかったのかい？」

裕也は、女の柔らかな臀部をつかんで引き寄せ、力強く腰を繰り出した。

「あっ……あぁあっ、はあっ、はあぁっ」

張り出した亀頭が膣壁を削り、太く浮き出た肉竿の血管が、クリトリスの裏側を擦り上げるたびに、生田家政婦のヨガリ声が尻上がりに高まる。女の肉腔は、溶鉱炉のように蕩けきり熱く燃え上がって、裕也の男根をきゅうきゅう締め付ける。

「あぁあ、いいぃ……すごくいい、いいです……あぁ、たまらないぃ……」

生田家政婦は、男の腰の律動に合わせて、自ら尻を突き出し、さらに結合を深める。

「君のお○んこも、すごくいい……絡み付くよ……」

裕也は、腰の抽送を速めながら、柔肉の快美感に酔いしれる。

「ふぁ……すごいぃ……当たるぅ……奥に当たるのぉ……感じちゃぅうぅ」

生田家政婦は、眼を潤ませ黒髪を振り乱しながら、妖艶に悶える。その美しく淫らな様に、裕也の官能がさらに燃えさかる。粘膜の結合部が、ちゃぷちゃぷと淫らな音を立て、ぴったり繋がった二人の律動が共鳴し、愉悦の高みに昇っていく。

「あぁん、い、イクぅ、も、イッちゃいます……イクぅ、イクぅううぅうぅう」

生田家政婦が、びくびく痙攣しながら達した瞬間、裕也も熱い白濁液を激しく飛沫《しぶ》かせた。

濡れてあげます

1

一晩中飲んで騒いで、五十人余りも来ていた客がやっと帰ったのは、すでに日が高く昇った時刻だった。

岩崎《いわさき》吾郎《ごろう》は一睡もできないまま、二十畳はあろうかという広いリビングで、特注の革張りソファにぐったり身を沈ませていた。

（つまらん……）

吾郎は深酒でどんよりした眼で、散らかったリビングを見回した。最高級のワイン、老舗レストランからのケータリング、とびきりの美人ぞろいのコンパニオン。贅をつくしたパーティーに招かれた、業界の大物や著名人やセレブ。誰もが、吾郎にこびへつらい歓心を買おうとした。

吾郎は四十代で、日本一の売り上げを誇る量販店の経営者にのし上がった。莫大な財を成し、東京成城《せいじょう》の一等地に白亜の豪邸を建て、気ままな独身生活を満喫している。マスコミにも時代の寵児としてたびたび取り上げられ、誰もがうらやむ成功者ぶりだ。

しかし、吾郎の心は最近、なぜか鬱々として晴れない。

「おい」

吾郎は、自分にもたれるようにして眠りこけていた若い女性の肩を揺すった。

「……ん？　吾郎ちゃん？」

ふくよかな胸元や太腿が露わなセクシーなドレスを着たその女が、眠たそうに顔を起こした。今時の派手な顔立ちの美人だ。

「しゃぶれよ」

吾郎は、女の茶髪をつかんで乱暴に自分の股間に押し付けた。

「やぁよぉ……お風呂にも入ってないのにぃ……」

彼女は、口の中であめ玉を転がしているような舌ったらずな口調で言う。

「バーキンのバッグが欲しいんじゃないのか？」

吾郎がからかうように言うと、女はあわてて身を起こした。

「欲しいよぉ、オーストリッチの赤ね」

念を押すように言うや否や、女は吾郎のズボンを開くと、手入れの行き届いた手でペニスを引き出し、半勃ちのそれを口腔に含んだ。

「ん……んんっ」

くぐもった声を出して、頭を上下に振り立てる女を見下ろしながら、吾郎はぼんやり考える。

(こいつにもそろそろ飽きたな——別れ時かな)

金も権力もある自分には、よりどりみどりで女が寄ってくる。吾郎は自分の性欲解消に、見栄えのいい頭の軽い若い女ばかりを選ぶ。遊ぶには後腐れのない女がいい。

「あふぁ……んぁん……」

若い女は、ぷりんとした尻を振り立てながらフェラチオに耽っている。その張りのある尻を撫で回し、シルクの下着越しに秘裂をまさぐってやると、たちまち女の鼻息が荒くなる。

「んふぅ……やぁん……」

女が切なげな声を上げて、肉胴にきつく舌を絡めてきた。

「ぉ……」

吾郎の官能もせり上がり、股間に血流が集中した。

(一回呑ませて、二発目は騎乗位で……)

まさに吾郎が頂点に達しようとしたその瞬間、音もなくリビングのドアが開いた。

「!……」

エプロンをつけた一人の女が、そこに立っていた。

ドア側に身体を向けていた吾郎は、まともにその女と目が合ってしまった。

歳の頃は四十前後。艶《あで》やかな黒髪を無造作に束ね、化粧気はないが肌理の細かい白い肌に、黒目がちの瞳が印象的な顔立ち。シンプルなTシャツにジーンズ姿だが、肉感的な肢体だ。左手の薬指には金の結婚指輪。

その女は表情一つ変えず、静かな声で言った。

「本日付けで、まごころ家政婦協会から参りました、家政婦の生田良美《いくたよしみ》と申します」

「っ……！」

その少し鼻にかかった艶《つや》っぽい声を聞いたとたん、吾郎は射精してしまった。

「んふぅん……んんんっ……」

女は不意に噴出した精液に驚きながらも、喉奥に放出された熱い液体をうれしそうに呑み干した。

2

「週に二回、お部屋のクリーニングとお庭のお掃除を、という契約です」

取る物も取りあえず若い女を追い返し身支度を整えた吾郎に、生田家政婦は協会からの紹介状を差し出し、改めて挨拶した。

「ご自宅のカードキーをお預かりしていたので、時間通りお伺いしたのですが、よろしかったでしょうか？」

よろしいもなにも、家政婦を頼んでいたことをすっかり忘れていた吾郎は、とんだ気まずい場面を見られ、それを払拭《ふっしょく》するかのようにソファにふんぞりかえって、鷹揚にうなずいた。

「あ、ああ……かまわんよ。とりあえず、屋敷を案内しよう」

立ち上がった吾郎の後ろを、生田家政婦が黙って付いてくる。

百坪はあろうかという贅の限りをつくしたこの屋敷は、吾郎の自慢であった。

「地下室は、観客が十人入れるミニシアター。一階は、吹き抜けのリビングと大理石造りのキッチン。螺旋階段を昇って、俺の寝室と客室が三つ。テレビ付きのジェットバス。三階はホールと、ミニゴルフ場。屋上にはガラス張りのジェットバスの浴室。そして、庭には温室と十メートルプールだ」

自慢げに自宅を披露する吾郎に、彼女は顔色一つ変えずにうなずき、

「承知いたしました。では、まずリビングからお掃除にとりかからせていただきます」

ぺこりと一礼して、階下に降りていく。賞賛の言葉を期待していた吾郎は、拍子抜けして女の後ろ姿を見送った。思わずジーンズのヒップに目が行く。若い女のぱんと後ろに張り出した尻とは違い、少し脂肪の乗った柔らかそうなそれに、じわっと股間が反応した。

(ふん――熟女も悪くないな)

猥りがましい思考を振り払うように吾郎はスマホを取り出し、本社に出社の時間を告げハイヤーを回す手配をさせた。

夕刻仕事をすませると、数多《あまた》いるセフレの中から暇そうな女子大生を呼び出し、同伴して帰宅した。

カードキーでドアを開けて中に入ると、朝方は目も当てられないほど散らかっていたリビングが、ぴかぴかに磨き上げられてあった。

「へえ……」

塵一つない部屋を感心したように眺めていると、生田家政婦が螺旋《らせん》階段を降りてきた。

「お帰りなさいませ。お部屋のお掃除は全てすみました。時間がないので、お庭は明日にさせていただいてよろしいでしょうか？」

そう言いながらエプロンを外すと、Ｔシャツの胸をこんもり盛り上げるバストが目立った。

「あ、いいけど——契約時間まであと三十分か」

吾郎はブルガリの腕時計を眺めて、つぶやいた。

「ちょっとぉ、吾郎ちゃん。このオバさん、誰よぉ」

同伴していた女子大生が不審気な声を出した。小娘のぶしつけな物言いを、生田家政婦は平然と聞き流している。

「ばか、家政婦さんだよ」

女子大生を軽く小突きながら、吾郎はふと目の前の能面のような家政婦に、意地悪をしてみたい気持ちになった。

「それじゃ、時間まで別の仕事を頼んでいいかな」

吾郎は彼女に顔を向けたまま、やにわに女子大生を引き寄せ、彼女のサマーセーターを捲り上げた。ぷるんと、ピンクのブラジャーに包まれた鞠のような乳房が飛び出した。

「きゃ……吾郎ちゃ……んんっ」

悲鳴を上げようとした女子大生の唇を塞ぐ。舌で唇を押し開き、口腔をくちゅくちゅと乱暴に舐ると、たちまち若い女の身体はくたくたになった。

「――そばで俺たちを見ててくれ」

抵抗しなくなった女子大生を抱き上げると、吾郎はリビングの大きな革張りのソファに歩き出した。

「……承知いたしました」

生田家政婦が無機質な声で答えた。

「やぁん、吾郎ちゃん……そんなの恥ずかしい……」

女子大生が羞恥に身悶えするのにもかまわず、彼女のブラジャーを素早く引き下ろし、まろやかな乳房を剝き出しにした。すでに興奮で乳首が硬く尖っている。乳房を両手でつかんでゆさゆさと揉みしだく。手の中で、張りのある乳房が淫らに形を変える。

「あ……ん、ぁあん……」

指の間で凝った乳首を擦ってやると、たちまち女子大生の声が甘い響きに変わる。

「もう感じていやがる——スケベだな、お前は」

吾郎は女子大生の乳房をくたくたに弄りながら、ちらりとそばに直立している生田家政婦の方に視線を走らせる。

女は無表情のまま、こちらを見つめている。その黒目がちの瞳にどこか哀れむような色を感じ、吾郎は思わず目を逸《そ》らしてしまった。

「家政婦さん、ようく見てろよ、こいつのヨガるところを……」

吾郎は女子大生のミニスカートの奥に、片手を潜り込ませた。ぴちぴちした太腿の狭間に指を這わせると、薄いパンティ越しにすでに淫裂がぐっしょりと濡れそぼっているのがわかる。

「なんだ、もうヌレヌレじゃないか」

パンティの上から秘唇の合わせ目に沿って、指でこじると、

「ふぁ……あ、やぁん……あ、ぁんん」

女子大生が背中を反らせて、切なげに喘いだ。その拍子に、剝き出しの乳房が物欲しげに前に突き出される。

「乳首もこんなにおっ勃てちゃって」

吾郎は凝った乳首を口に含み、舌の先で転がしながら、ぬるりとパンティの端から指先を潜り込ませた。

「ひぁっ……やぁ、あ、あぁあん……」

淫襞に押し入って、ぬかるむ肉路をぐちゅぐちゅと指で搔き回すと、女子大生があられもない声を上げて身悶えした。

「ひぃ……んっ……はぁっ、あ、あぁ……」

女子大生のパンティを引き下ろすと下半身を丸出しにさせた。そばにいる生田

家政婦を意識しながら、吾郎は自分の膝を割り入れて、女子大生の両脚を大きく開かせ、陰部を剥き出しにする。

「そぅら、お○んこ丸見えだ」

「やぁん……あぁ、ひどいぃ……」

女子大生は羞恥に頬を上気させながらも、自ら腰を突き出すようにしてくる。濡れ光る淫襞が、物欲しげにひくひくと開閉する。

「ここに、挿れて欲しいのかな？」

吾郎がくちゅりと淫らな音を立てて、秘裂に指を突き立てた。

「はぁう……はぁん、あぁ……挿れて……ぇ」

女子大生は、くねくねと身悶えしながら、喘ぎ喘ぎ懇願した。

「よし」

身を起こすと、ズボンを緩めすでに硬く滾った肉茎を取り出した。

「！……」

生田家政婦が、思わず息を呑んだような気配がした。吾郎が彼女の方に視線を走らせる。わずかだが、彼女の端正な色白の顔に血の気が昇り、瞳が潤んでいるように見える。その表情がやけに煽情的で、吾郎は目の前の女子大生ではなく、生田家政婦に欲情している自分を感じた。

「そら……！」

腰を思い切り突き出して、灼熱の肉棒で一気に女子大生の蜜口を貫いた。

「ひぅっ……はぁあっ……あぁっ」

女子大生が喉を震わせて、愉悦に仰け反る。

「気持ちいいか？　おい」

女子大生の両脚を抱え、剛棒をぐりぐりと押し回すようにして腰を穿った。

「んぅ……あ、深い……あぁぁん、すごぉい……あぁあっ……」

ぐちゅぐちゅと音を立てて揺さぶられ、女子大生が甲高い嬌声を上げ続ける。

「いいだろ？　もっとわめけよ」

吾郎は笠の張った亀頭を、濡れ襞に擦り付けるようにして、激しい抽送を繰り返した。

女子大生の媚襞が、悦びにきゅうきゅうと肉胴に絡み付く。

「く……ふはぁ……あ、激し……あぁ、やぁ、やぁあぁん……」

たわわな乳房が吾郎の腰の動きに合わせて、たぷんたぷんと淫猥に揺れる。

「どうだ？　いいだろ？　どうだ？」

生田家政婦に聞こえよがしに、声を荒らげ、腰を激烈に律動させた。

「んんっ……あ、そんなに……や、もう、もう……イッちゃう……っ」

早くも女子大生が絶頂に駆け昇る。

「う……ふ、イケよ、そら」

昂る肉茎をぐいぐいと揺さぶりながら、女を追いつめていく。

「んあっ……はぁっ、あ、あぁ、イクっ……イクぅ……っ」

女子大生が全身を震わせて、アクメを極める。続いて、吾郎の滾りがぐんと膨れ上がった。

「時間ですので、これで失礼いたします」

突然、生田家政婦の静かな声が耳に飛び込んだ。

「え？……あっ……？」

吾郎は思わず身を起こして、生田家政婦の方を振り返った。とたんにずるりと肉竿が外れ、と同時に熱い飛沫が噴き上がった。

「あぁあ、やぁぁあん……」

愉悦に引き攣《つ》る女子大生の顔面に、白濁した精液が大量に迸《ほとばし》った。吾郎は視界の端に、端然として立ち去る生田家政婦の後ろ姿を捉えた。

（……あんな家政婦一人に……。俺はなにをやってるんだ……）

敗北感のようなものが吾郎の胸に湧き上がり、そんな感情にまた戸惑う自分がいた。

3

それ以来吾郎は、生田家政婦がやってくる日は、早めに帰宅した。その際には、必ずセフレを同伴し、彼女の目の前で淫らな行為に耽ってみせた。

表情を動かさずじっとこちらを見ている女の視線に、今まで感じたことのない興奮を覚えた。自分に組み敷かれて悶えているセフレの顔に、生田家政婦の顔を重ねると、変態的な快感がいや増した。

その日、東京は真夏日になり、雲一つない空から日差しが射るように降り注いだ。

吾郎は翌日海外出張の予定があり、その支度のために午後一時で帰宅した。今日は生田家政婦が来ている日だが、さすがにセフレを誘ってセックスする余裕はない。

屋敷に入ると、人けがない。いつもは生田家政婦が「お帰りなさいませ」と、涼やかな声で出迎えるのに、と圭吾は眉をひそめて辺りを見回した。

と、吹き抜けのリビングの高いガラス窓越しに、庭で草取りをしている帽子を被った女の姿が見えた。

真夏の炎天下で、白い額に玉のような汗が浮かんでいた。汗ばんで肌にぴったり張り付いたTシャツ越しに、くっきりブラジャーの線が透けて見え、ひどくそそる眺めだった。

草取りを終えたらしい生田家政婦は、デッキブラシを手にして、プールの方に移動した。庭のプールは吾郎の自慢だが、実は泳ぎの苦手な彼は一度も使用したことがない。ただ、客人に披露するためだけに、常に水を張ってある。生田家政婦が来るたびに、新しい水と交換するように命じているのだ。

プールの排水栓を開けて水抜きを始めた生田家政婦は、プールサイドをブラシで磨き始めた。

その時だ。濡れた床に足を取られた生田家政婦が、ぐらりと体勢を乱して、激しい水飛沫を上げてプールに落ちた。

「あっ」

吾郎は声を上げて、あわてて庭に飛び出した。

まだ水を満々にたたえたプールの中で、ばしゃばしゃと生田家政婦がもがいている。

「大丈夫か？」

声をかけながら、思わずプールに飛び込んだ。水を掻き分けて生田家政婦に近づき、腕を伸ばして彼女を抱きかかえた。

「あ……い、岩崎さん……」

落ちた拍子に水を飲んだのか、咳き込みながら吾郎にしがみついてくる。

「も、申し訳ありません……私、うっかりして……」

濡れて光る艶《あで》やかな黒髪、化粧気のない白い顔にこぼれる水滴、そして腕の中の熱く濡れた身体。吾郎は思わず、生田家政婦の顔を見つめた。

「岩崎さ……？」

彼女が怪訝《けげん》そうに見上げた。半ば開いた紅唇にも、水滴が日の光を弾いて滴っている。

「む……う？」

思わずその唇にむしゃぶりついていた。滑らかな唇をたっぷり舐め回し、息苦しさに女が口を開いた隙に、するりと口腔に舌を差し入れた。

「んぅ……や……んんっ」

生田家政婦は身体を強ばらせて、吾郎を押しのけようとしたが、まだ水中にいるせいか、思い切って退けることができない。それに乗じて吾郎は濡れた女の身体をぐっと引き寄せ、深いキスを続けた。女の舌を絡めとり、思い切り吸い上げる。

「んゃ……んんっ……ふぁあ……」

生田家政婦の呻き声に、少しずつ甘い吐息が混ざり始める。強ばった肉体が次第に柔らかく、熱くほどけてくる。吾郎は女の口腔を堪能しつくしてから、ちゅっと音を立てて唇を離した。

「はぁ……は……」

女が呼吸を整えながら、濡れた瞳でこちらを見上げた。吾郎はその眼差しに誘われるように、濡れたTシャツ越しに透けるブラジャーの上から、乳房をむんずとわし摑んだ。思った以上にふくよかで、指がめり込むほどに柔らかい。

「あ……や……」

生田家政婦がぶるっと全身を震わせた。ふいに我に返ったように、

「いけません……私、仕事中で……」

と、吾郎の腕から身をよじって逃れようとした。

「仕事なら、いいということか」

吾郎は片手で女の細腰を抱え、濡れて布地越しに浮き上がってきた乳首を、指の腹でくりくりと刺激してやる。

「は……ぁ……や……」

感に堪えたように華奢な肩をすくませて首を振る。吾郎は乳首を撫で擦りながら言った。

「では、俺のなすがままにしろ」

生田家政婦が、ふいに艶《なまめ》かしい表情になった。紅唇からちろりと舌がのぞき、口の端に溜まった水滴を舐めとった。

「……承知いたしました」

同時に、女の身体から力が抜ける。

吾郎は生田家政婦のTシャツを捲り上げると、濡れたブラジャーを引き下ろした。真っ白で豊かなバストがまろび出て、ふわりと水に浮く。その乳房の狭間に

顔を埋めるようにして、夢中で唇を這わせた。

「っ……ぁあ……」

紅く尖った乳首を口腔に含み、舌先でしごいてやると女が甘い吐息を漏らす。

交互に凝った乳首を舐めしゃぶると、ぶるっと身震いして切なげな声を上げた。

「や……ぁあ……はぁあ……」

「なんて柔らかいおっぱいなんだ……小娘のとはまるで違う……」

吾郎は両手で弧を描くように乳房を揉みしだき、滑らかな乳房の感触に感じ入ったような声を出した。

「だめ……そんなに……しないで……」

生田家政婦が、肌理の細かい頬をうっすら上気させて声を震わせた。

「いつもつんとすましている君が、そんな色っぽい声を出すと、すごくそそられるな」

吾郎は生田家政婦の耳元に顔を寄せて、貝殻のような薄い耳朶を甘噛みしながら、片手を水中に潜らせ、女のジーンズの前を開いた。

「あっ……」

太腿の狭間に指を這わせると、びくんと女が腰を跳ね上げた。

「どこもかしこもびしょびしょだけど——このぬるぬるは水じゃないよな」

吾郎の指がパンティ越しに秘裂をなぞる。たしかにその部分は、にじみだした愛蜜で熱くぬめっている。

「やぁ……ぁ……はぁ……」

布越しに淫襞を指でこじると、生田家政婦が悩ましい喘ぎ声を上げた。

「感じているんだろう？　クリトリスが膨れているぞ」

ぷっくり充血したクリトリスが、薄いパンティを押し上げて頭をもたげている。

「ふぁ……あ、や……そこ……やぁ……」

彼女は喉の奥から、掠れた喘ぎ声を漏らしながらいやいやと首を振る。その仕草が妙に刺激的で、吾郎は思わずパンティの中に指を差し入れて、陰部に直接触れた。

「ひぁ……あ、やぁ、あ、はぁ……っ」

熱く熟れた柔襞に、ずぶりと指を突き入れられ、女がびくりと腰を跳ね上げた。

「おぅ……すげぇ熱い——お○んこ、きゅうきゅういってる」

指に絡み付く膣襞の引き込みに、思わず唸った。

「やっぱこなれてるよなぁ——人妻のお○んこって、経験値が違う」

くちゅくちゅと指を抜き差ししながら、吾郎は自分の下腹部が痛いほど滾っているのを感じる。

「やぁ……そんなこと……言わないでください……あぁ、ああん……」

生田家政婦が白い喉を仰け反らせて、身体を引き攣らせた。

「俺が若い女とヤッてるとこを平然とした顔で見てたけど、ほんとはお○んこぐちょぐちょに濡らしてたんだな」

吾郎がいたぶるようにささやくと、生田家政婦が潤んだ熱い瞳で見上げた。

「だって……あんなこと……ひどい……です」

「本当はすごくしたかった？」

指の腹で、敏感なクリトリスをぬるぬると転がした。

「ひあぁっ……やっ……だめ……ぁあ……だめよぉ……」

腰をくねくねと蠢かせ、甲高い嬌声が紅唇から漏れる。

「すげえ、指が食いちぎられそうだ」

ひくひくとわななく襞肉をこじりながら、女のうなじから胸元に唇を這わせ強く吸い上げた。抜けるような白い肌に、点々と紅い刻印が散っていく。

「あ……はぁっ……あぁん……やぁ、ああ……もう……っ」

生田家政婦は、切なげに身悶えしながら両脚をがくがくと震わせた。腰が引き攣るたびに新たな淫蜜が肉路の奥から溢れて、プールの水の中にとろとろと溶け込んでいく。

「欲しいか？　俺のが欲しいか？　そう言え」

吾郎は硬化した股間を、女の下腹部にぐりぐりと押し付けて刺激した。

「ひぅ……ん、はぁっ……ぁ……く……下さい……」

彼女は、剝き出しの乳房を男の胸に擦り付けながら、悩ましい声で懇願した。

「よし──今すぐに」

吾郎も堪えきれずズボンを緩めると、熱く滾った肉棒を取り出した。女の両脚を抱え上げ、真下から一気にずぶりと貫く。

「はあうぅ……んぅ……はぁあっ」

子宮口まで押し上げそうな勢いに、生田家政婦が体を仰け反らしてのたうった。

「っ……きつい……」

吾郎の太竿を、熟した雌襞がうねうねと蠢きながらきつく包み込む。水の浮力で女の身体を楽々と抱え上げて、ずんずん激しく腰を穿ち始めた。

「や……ぁ、は、激し……あ、あぁっ」

生田家政婦が悲鳴のようなヨガリ声を上げながら全身でおののくと、ばしゃばしゃと激しく水が跳ね散る。女が嬌声を上げるたびに、膣壁がきゅっきゅっと心地良い収縮を繰り返す。

「ぅ……ぁあ、いいよ……いい」

吾郎は熟女の腰使いに酔いしれながら、負けじと剛棒を抜き差しする。

「ひぅ……っ、ああっ、あっ、あぁっ」

女のほっそりした両腕が、きつく吾郎の首に巻き付き、柔らかな双尻が艶かしく揺すり立てられる。濡れそぼった淫襞が、ぐちゅぐちゅときつく擦り付けられる。

「っ……すごい腰使いだ……」

引き攣る柔襞が、脈打つ肉茎を突き入れるたびに弾むように押し戻し、抜き出そうとすると奥へ奥へと引き込む。その絶妙な膣壁の動きに、好色家の吾郎も舌を巻いた。負けじと、縦横無尽に腰を穿つと、膨れた亀頭が女の一番感じやすい部分を突き上げた。

「ひぁっ……やぁっ、そこ……あぁ、だめぇ……だめぇ……っ」

生田家政婦が全身を震わせながら、すすり泣きのようなヨガリ声を上げた。

「ここか？　ここがいいのか？」

吾郎は探り当てた女のＧスポットを、熱く笠の開いた切っ先で、ぐいぐいと執拗に擦り上げた。

「はあっ、あっ、あぁ、はあぁっ……」

激しい愉悦にとろんとした表情で、息を荒がせる。普段の冷静沈着な面影は消え失せ、快楽を貪る淫猥な雌そのものになり、腰を振り立てる。

「……ひぁっ、あぁ、あ、も……もう……ぁあ、も、だめ……だめぇっ」

媚悦の大波にさらわれて、絶頂に駆け昇っていく。抱えられた両脚を震わせ、肉茎を包み込む淫襞がびくびくと痙攣を繰り返した。

「……く、イクぅ……イクっ……っ」

背中を大きく仰け反らせ、生田家政婦がエクスタシーを極めた。

「っ……」

次の瞬間、膣襞に強く咥え込まれた吾郎の雄茎がびくんと大きく震えた。びゅくびゅくと、熱く白濁した奔流がうねる粘膜の中へ放出される。

「ぁ……あぁ……ぁあぁ……」

濡れ光る乳房を揺らしながら、女が快感の余韻に身をよじる。二人の結合部分から、どぷりと溢れた粘液が噴き出し、水中に広がっていった。

4

その日、吾郎は自社の会議を終えると、早々にハイヤーに乗り込み自宅に向かった。後部座席でスマホのメールをチェックすると、セフレたちから誘いのメールが何件も入っている。無造作にそのメール群を削除していった。もう彼は、金目当ての小娘とのセックスには、少しも食指が動かなかったのだ。

屋敷に帰ると、いつものように生田家政婦がTシャツにジーンズ、エプロン姿で出迎えた。

「お帰りなさいませ」

頭を下げると後ろで結わえた黒髪がさらりと白い顔に垂れかかり、それだけで妙にそそる風情だ。

「風呂に入りたい。浴室の用意はできている?」

吾郎が尋ねると、うなずいて、

「湯加減を見て参ります」

と、背を向けて屋上の浴室に向かった。そのまろやかな尻のラインを眺めながら、吾郎は後を追った。

一等地のひときわ小高い位置に建てられた屋敷の屋上には、一面ガラス張りの市街を眺望できる広い浴室がある。吾郎は脱衣所で服を脱ぐと、まだ生田家政婦が中にいるのを承知で、ずかずかと入っていった。

「あ、まだ少しぬるくて……」

浴槽に手を入れて湯加減を見ていた彼女は、びくりとして振り返った。

「いいよ、俺はぬるめが好きだから」

吾郎はそう言うや否や、シャワーを手に取って勢いよく湯を出し、やにわに生田家政婦に浴びせかけた。

「きゃ……っ」

生田家政婦が驚いて顔を覆う。かまわずざあざあと女に湯をかけながら、ぴしりと告げた。

「そこに直立しろ」

濡れた顔を上げて、女は目を見張ったまま浴室に立ち尽くした。

濡れて身体にぴったり張り付いたTシャツ越しに、乳房がくっきりと透けて見える。しかも、彼女はノーブラだった。吾郎はにやりとした。

「よし、俺に言われた通り下着はつけないで仕事をしていたな」

つんと尖った紅い乳首までくっきりと浮かび上がり、全裸より卑猥な姿だ。

「……はい」

生田家政婦は、かすかに頬を染めてうなずいた。その羞恥に耐える姿がまた、むらむらと吾郎の劣情を煽る。全裸にするより、こうして着衣のまま濡らしてボディラインを際立たせる方が、より興奮するのだ。

あのプールでの情交以来、吾郎は熟れた生田家政婦の肉体の虜《とりこ》になっていた。業務時間内の命令であれば、彼女は従順だった。手当を倍にするから毎日通えないかと打診したが、

「他のお家の仕事も入っておりますから」

と、そこはきっぱり断られた。そのため、生田家政婦の通ってくる火・金曜日には、吾郎は一目散に帰宅するのだ。

「も……う、許して下さい……」

全身からぽたぽたとしずくを滴らせながら、生田家政婦が上気した顔を向ける。

「よし。そのまま咥えろ」

シャワーを止めた吾郎は、すでに半勃ちになった熱い男根を突き出した。

「承知いたしました」

彼女は、頬にへばりついた黒髪をかき上げると、ゆっくり浴室の床にひざまずいた。ほっそりした白い指を肉茎の根元に添え濡れた顔を寄せ、太い屹立を紅唇に咥え込む。

「んっ……んんぅっ……」

くぐもった声を漏らしながら深く肉杭を呑み込み、舌を滑らせながらゆっくり頭を前後に振り立てる。

「いいぞ……」

吾郎は半眼になって、女の巧みな舌使いに酔った。

「ふぅ……むぅ……んんんっ」

生温い口腔で、先走り液と唾液が混ざり、くちゅくちゅと淫らな音が響く。

「はぁ……ふぅんん……」

形のよい眉を寄せて目一杯唇を開き、血管の浮き出た肉胴に舌を這わせている生田家政婦の表情は、ぞくりとするほど妖艶だ。

「あぁ……いいよ……」

ひくつく鈴口からくびれたカリ首まで、丁寧に舌で奉仕される。吾郎は女の濡れた髪を撫でながら、自らも腰をゆっくり振り立てた。

「くふ……ぅ……んむぅ……んんっ」

喉奥まで突き入れられて端正な顔が苦痛に歪む様が、吾郎の加虐心を煽り立てる。両手を伸ばして濡れたTシャツ越しに揺れる乳房をむんずとつかみ、ゆさゆさと揉みこんでやると、女の鼻息が切なげに甘くなる。

「っ……ぁ……やぁ……もう……」

紅唇からしとどに濡れた亀頭を吐き出し、欲望に濡れた眼で見上げてきた。

「欲しいのか?」

すっかり硬直した太竿で、生田家政婦の頬を軽く叩くと、女は口の端から溢れた唾液を滴らせながらうなずく。

「ほ……欲しい……です」

吾郎はにんまりとして言う。

「じゃあ、ジーンズのチャックを下ろして、あちら向きに四つん這いになるんだ」

「承知いたしました……」

生田家政婦は被虐に上気した顔でそう答えると、ジーンズの前を緩めて、言われた通りの格好になった。四つん這いになると、緩めたジーンズがずり落ちて、まろやかな白い半尻が露わになる。濡れてぴっちりとノーブラの乳房に張り付くTシャツ、尻の割れ目まで見えているずれたジーンズ。裸よりも淫らで艶かしい姿だ。

「欲しいものを、やろう」

吾郎は女のジーンズに片手をかけて、一気に膝まで引き下ろした。真っ白で豊かな双臀と、その狭間に紅く濡れ光る花唇が剝き出しになった。

「――この濡れよう……ぬるぬるしてて、シャワーの水じゃないな」

太い指を、くちゅりと秘裂に押し入れて、濡れそぼったそこをぬちゅぬちゅと搔き回してやる。

「ふはぁっ……あぁっ……」

女が背中を反らせて、ぶるぶると身体をおののかせた。

「や……あ、そんな……しないで……あぁ……」

切羽詰まった声を上げて、肩越しに潤んだ瞳で見つめてくる。

「たまらないね――熟女のそういう顔」

濡れ襞を指で擦り上げながら、がちがちに勃ちきった男根を握りしめた。吾郎の我慢も限界で、ふいに膣襞から指を引き抜くと柔らかな双尻を両手で引き寄せ、硬い切っ先を愛液の溢れる蜜口に押し当てた。

「はぁっ……」

軽くとば口を突いただけで、女はあえかな嬌声を上げた。そのまま滾る肉竿が、媚襞を押し広げて奥まで押し入ってくる。

「んんっ、あ……ぁ、ふ、深……いっ」

ずんと子宮口まで刺し貫かれて、生田家政婦は喉を震わせ掠れた悲鳴を上げた。

「どうだ？　奥までずっぽり入った」

深々と肉茎の根元まで埋め込み、しばらくそのまま女の淫襞の熱い感触を楽しむとおもむろに腰を穿ち始めた。

「ひ……ふぁっ……あっ、あ……ぁっ」

熱く脈打つ太茎が、ずくずくと卑猥な音を立てて抽送されるたびに、彼女は華奢なうなじをぐらぐらさせながら淫らな喘ぎ声を上げ続ける。

「中がびくびくしている——そんなにいいか？」

蠕動《ぜんどう》する膣壁の感触に、吾郎が感に堪えたような声を漏らす。

「や……はぁあ、あっ……あぁぅ……」

ひりつく粘膜を激しく擦り上げられて、女の肉感的な身体が跳ねる。

「この身体……どこもかしこも蕩けそうに柔らかくて――たまらんな」

前後に揺れる乳房に手を伸ばして、ねっとりと揉みほぐす。

「あぁふぅ……はあっ、ああっ、あぁん……」

濡れた黒髪から汗とほのかなシャンプーの香りが混じった、えも言われぬ刺激的な芳香が立ち上り、こちらの性感をますます刺激する。

「あぁ……お○んこ、いいよ、いい……」

吾郎は肉棒の根元でぐりぐりと膨れたクリトリスを刺激しながら、ねじ込むようなひねりを加えて媚肉を削っていく。

「ひぁ、あ、ぁ、だめ……、そんなにしちゃ、だめぇ……」

生田家政婦が引き攣ったようなヨガリ声を上げて、腰をびくびく震わせた。

「そ……なに、したら……壊れ……あぁ、だめ……お、おかしく……なるぅ……」

女の視線が悦楽で虚ろになり、半分開いた紅唇からたらりと唾液の糸が引いた。

「おぅ……きつ……い」

彼女が嬌声を上げるたびにうねる膣襞がきゅーっと肉胴を締め上げ、その媚悦に吾郎も低く呻いた。

「も……や……あぁ、やぁ、だめ……っ」

ひくひく震える柔襞を太い滾りで思うさまに蹂躙され、生田家政婦は幾度も短いアクメに達したようだ。それと同時に、男の腰の動きに連動するかのように、自分から腰を前後に揺すり立て始める。

「ふぁっ、あ、また……イク……ぁあ、またイッちゃうぅ……」

女がすすり泣きのような喘ぎ声を上げ、びくびくと全身をのたうたせる。

「イケよ、もっとだ、もっとイケ」

吾郎は片手で女の身体を抱え上げて、膝立ちにさせ、ぴったりと密着した。そのまま腰を激しく打ち付けながら片手を股間に潜り込ませ、充血しきったクリトリスを捻り上げた。

「ひぎぃぃい……ひあっ、あ、だめぇっ……あぁ、やぁ、ひ、うぅん……っ」

女が腕の中で絶叫しながら身悶えした。淫肉からじゅっと熱く大量の潮がしぶいて、二人の結合部をびしょびしょに濡らした。

「お……っ」

ひときわ激しく媚肉が収縮する。そのエクスタシーの締め付けに、吾郎もついに欲望を解き放つ。

どくどくと、欲望の迸りが子宮口にぶちまけられる。

「あぁぁあ、あぁああ……っ」

断末魔の悲鳴を上げながらも、生田家政婦の膣壁はもっともっとというように、淫らに蠢き続けるのだった。

挿れてあげます

1

「おじさん、初めて？」

まだ二十歳《はたち》そこそこに見える茶髪女が、いかにもな営業スマイルで話しかけた。

「う、うん。その、恥ずかしい話だけど、こういうとこに来るのも初めてで……」

高橋直人《たかはしなおと》は、口ごもりながら答えた。

三畳ほどの狭い個室にユニットバスと簡素なベッド。そのベッドにトランクス一枚で座った直人の足元に、下着姿の茶髪女がひざまずいている。

「耳まで赤くなっちゃって、かわいー。私にまかせて」

茶髪女は、トランクスを慣れた手つきで脱がせていく。緊張している直人の股間は、いつにも増して縮こまっている。

「あら、おじさん恥ずかしがり屋ね」

ふふっと含み笑いをした彼女は、派手なネイルを施した両手でペニスを包むと、ゆっくりとしごき始めた。

「っ……」

ひんやりした女の指の感触に、直人は思わずぴくんと腰を浮かせた。

「感じる？　どお？」

茶髪女が片手を動かしながら、探るように見上げてくる。直人は緊張しながらも、女の巧みな指技に次第に股間が硬化してくるのを感じる。

「んじゃ、しゃぶるね」

ぱくりと無造作に肉竿を咥え込まれる。

「ぁ……」

温かな口腔の感触に、思わず声が出る。茶髪女は熟練の舌使いで、亀頭のくびれをなぞり上げ、ゆっくり肉胴を舐め下ろしていく。

（フェラなんて、久しぶりだな……）

軽く目を閉じて下腹部に意識を集中していると、脳裏にふっと妻の顔が浮かぶ。白い瓜実《うりざね》顔に瞳の色が薄い切れ長の目。いつもひっそりと人の陰にたたずんでいるような、大人しい妻だった。その妻が……。

半年前、男と逃げた。

ふいに我に返った。

「あ、俺……！」

弾かれたように立ち上がった直人に、茶髪女はびっくりして顔を上げた。

「な、なに？　どーしたの？」

トランクスを引き上げて、そそくさとベッドの横の籠から自分の服をつかんだ。

「ごめん、やっぱり、ごめん！」

直人は意味不明に謝罪しながら、個室から飛び出した。

「なによぉ！　おやじ、サイテー！」

背後から女の怒声が追いかける。

上着のボタンを留めながら狭い廊下を抜け、地下の店から階段を駆け上がって、繁華街に出た。

まだ昼日中、風俗店が建ち並んでいる通りはひっそりとしている。

(思いあまって、つい足を運んでしまった。俺はなにをしてるんだ――)

直人は背を丸めて駅への道をたどり始めた。


結婚して二十年、平凡で慎ましい家庭を築いてきたと思っていた。残業の多い勤めで、家庭内のことは妻に任せきりだったが、それに対して彼女からの不満は聞いたことはない。なにか妻の素振りがよそよそしいな、と感じたのは、先年一人息子が北海道の大学に合格し、家を出ていってからだ。妻はどこかうわの空という感じだった。しかし、とりたてて不満だとは思わなかった。元々口べたな直人と妻の間に、それほど会話はなかったからだ。

だが半年前、郊外のマンションに帰宅すると、部屋の中は真っ暗で妻の姿はなく、ダイニングテーブルの上に簡単な書き置きが残されていた。

『あの人に、ついていきます。ごめんなさい。探さないでください。忍《しのぶ》』

直人は何度もその書き置きを読み返したが、その意味が頭に入ってこなかった。

「あの人」の存在など、微塵も気がつかなかった。後で調べると、どうやら出入りの保険の若いセールスマンと男女の仲になり、出奔《しゅっぽん》してしまったらしい。

直人は妻に裏切られたショックより、妻が女であったという事実に呆然としたのだ。

妻はあまり性欲の強い方ではないと思っていた。子どもができてからは、夫婦生活は皆無になり、直人は面倒臭さもあり、欲望は自慰で解消していた。妻はそのことを知ってか知らずか、ひと言も文句を言わなかった。なにも言わないから納得している、そう都合よく解釈していた。

最寄りの駅から十五分ほど歩き、住居である高層マンションを見上げた。息子が生まれたとき、このマンションを思い切って購入したのだが、妻は大仰には喜ばなかった。それは控え目な性格のせいではなく、彼女の本当に欲しいものは他にあったのだと、今更ながらに思う。

（――引っ越そう。もうここに住む意味もない）

直人はそう決心した。

2

週末、酒を飲みながらテレビを観て、そのままソファで眠りこけてしまった直人は、チャイムの音で目が覚めた。まだ酔いの残る頭を振りながらインターフォンに出ると、モニターに女の白い顔が映った。

(忍!?)

直人はびくりとして目を見開いた。

「おはようございます。高橋様。まごころ家政婦協会から参りました。生田良美《いくたよしみ》と申します」

モニターの中の女が、手にした身分証をカメラに映るように突き出した。

「あ、ああ。お入りください。二十四階です」

慌ててオートロックを解除した。洗面所に駆け込んで、ざぶざぶと水で顔を洗い、意識をはっきりさせる。

(そうだ、引っ越しの荷物を片付けるのに、雇ったんだっけ)

二十年にわたる夫婦生活で、マンションの部屋の至る所に妻のものが溢れている。しかも、直人にはなにがどこに仕舞われているのかも判然としない。仕事も忙しいので、女性の細やかな手で荷物の仕分けをしてもらった方が良いと思い、臨時の家政婦を頼んだのだ。

ほどなくドアチャイムが鳴った。

ドアを開けると、先ほどの生田という家政婦が立っていた。四十代くらいか、化粧気のない整った色白の顔。長い睫毛が影を落とす黒目がちの瞳。艶《つや》のある長い黒髪は無造作にうなじで束ねている。簡素なブラウスの胸元が豊かに盛り上がり、紺の膝下スカートからのぞく足はすらりと長く、スタイルのよさがうかがえる。ほっそりした左手薬指に結婚指輪がはまっている。近くで見ても驚くほど妻と酷似していて、直人は息を呑んだ。

「本日から一週間、お荷物の整理のお手伝いとお掃除を承りました。よろしくお願いいたします」

生田家政婦は無表情のまま、ぺこりと頭を下げた。

棒立ちだった直人は気を取り直して、彼女を部屋の中に招き入れた。

「どうぞ。奥の部屋からお願いします」

廊下の右奥にある夫婦の部屋に案内した。八畳ほどの和室にセミダブルのベッド、箪笥《たんす》、クローゼット。そして部屋の隅には、引っ越しセンターから送られてきた折りたたまれたままの段ボール箱が山と積み上げられている。
「荷物を仕分けして、段ボールに入れて封をして、中身がわかるようにマジックで記入してください」

「承知いたしました」

生田家政婦は平坦な声で答えると、持参したエプロンを腰に巻き、すぐさま作業にとりかかった。箪笥を整理し始めた彼女のすんなりした背中を、直人はしばらくじっと見つめていた。

(まるで忍が家事をしているみたいだ)

思わず見とれていると、ふと生田家政婦が視線を感じたようにちらりとこちらを振り向いた。

「あ、なにか不明な点があれば僕に聞いてください。リビングにいますから……」

直人は慌ててその場を立ち去った。

リビングのソファに身を沈ませてまだ酔いの覚めない頭を抱えていると、奥の部屋から人の立ち動くかすかな音や気配がする。久しぶりに耳にする自分のもの以外の生活音に、妙に全身の血が騒ぐような気がした。あの家政婦の柔らかそうな身体からはシャンプーの香りだろうか、香水とは違うほんのりと鼻をくすぐる甘い香りがした。その香りが、直人の下腹部を微妙に硬化させる。

(馬鹿、なに欲情してるんだ)

自分の反応に、思わず一人で赤面した。

「あのう……」

ふいに声をかけられて、どきりとした。リビングのドア口に、生田家政婦が立っていた。

「はい？　なにか？」

直人が聞き返すと、無表情な女の頬がほんのり上気した。

「あの……あちらのお荷物はいかがしたらよろしいかと」

生田家政婦が声を潜めて言う。

「え？　どれ？」

黙って先に立つ女の後から、奥の部屋に向った。

「これです……」

生田家政婦は踏み台に乗り、部屋の吊り棚の奥から靴箱を幾つか取り出した。

彼女が箱の蓋を取る。

「これは……!」

ぎょっとして声を呑んだ。

そこに入っていたのは、様々なバイブレーターだった。小さなローターからリアルな張り形まで、幾つも仕舞い込まれていた。

「この箱全部、こういうグッズなんですが……」

生田家政婦の困惑したような顔に、直人はしどろもどろになる。

「あ、それね、あの、別個に段ボールに入れて『廃棄処分』とか、書いておいてよ」

「承知いたしました」

平易な声に戻り、彼女は淡々とバイブレーターを段ボールに詰め込み始めた。

一方直人は、余りのショックに呆然としていた。よもや妻が、こんな性具を使用していたとは。昼日中、寝室でバイブを使って喘ぐ妻の姿を想像してみたが、ピンと来ない。ふと目の前で働いている生田家政婦に目がいく。幾つものバイブを、まるで瀬戸物でも扱うようにひとつひとつ新聞紙にくるんで段ボール箱に詰めていく姿は、直人を異様に興奮させた。

「あの、それもう必要ないんで、もしよければ生田さんにあげますよ」

頭に血が昇ったせいだろうか、あらぬことを口走ってしまった。

生田家政婦の手がぴたりと止まる。彼女は片手にバイブを持ったまま、冷徹な目で直人を見上げた。

「いえ、けっこうです」

とんでもないことを言ってしまったと、あせって取り繕おうとした。

「あ、そうだね。旦那さんいらっしゃるしね。いらないよね」

生田家政婦の黒目がちの瞳が、かすかに潤んだように見えた。

「いえ……雇い主様のお宅の私物を頂戴するのは、規約違反なので」

直人は内心、それでは本当は欲しいのかと、ちらりと思ったが、これ以上馬鹿げた発言を自制するため、足早でリビングに戻った。

ソファに腰掛けると、身体が昂っているのを感じた。

(女は怖い——忍も虫も殺さないような顔をして、バイブを使ったり間男を持ったり……)

生田家政婦もそうなのだろうか。あの氷のような美貌が、自宅に戻ると夫の腕の中で淫らに歪むのだろうか。

直人の思考は、いつしかあの家政婦の方に移行してしまった。頭の中で彼女を全裸にして、淫らなポーズをあれこれ妄想した。そのうちうたた寝してしまっていた。

3

はっと気がつくとお昼過ぎだった。

(出前でも取るか。彼女にも休憩をしてもらおう)

奥の部屋に向うと、襖が少し開いている。そこから部屋の中をのぞいて、どきりとした。大方片付いた段ボールの山に囲まれた生田家政婦が、ひと休みしているのかぺたりと畳に尻をつけて座り込んでいた。その膝の上に、大きな黒いバイブが乗っていた。女は無表情だが熱のこもった眼差しで、それをじっと見ていた。

「本当は、欲しいんでしょう」

直人は思わず声をかけた。

生田家政婦がぎくりと肩をすくめて、顔を向けた。

「あ……」

悪戯を見とがめられた子どものように、彼女の頬が紅く染まる。色白の肌理の細かい顔に血が昇ると、ふっと妖艶な表情になる。

「いいんですよ、使っても」

直人はそのままずかずかと部屋に足を踏み入れた。

「い、いいえ……私は」

生田家政婦は座ったまま後ずさりした。ごろりとバイブが畳に転がった。それを拾い上げると、じりじりと女に近づいた。

「だめ……来ないで下さい」

生田家政婦の声が、かすかに震えた。積み上げられた段ボールに阻まれ、逃げ場を失う。直人は手にしたモーター内蔵型のバイブのスイッチをおもむろに入れた。

ぶーん……。

くぐもった音と共にバイブ全体が細かく振動し、笠の張った亀頭部分がくねくねと動く。

生田家政婦が目を見張って、そのバイブの動きを見つめた。

「動くなよ」

直人がそう言うと、女がふいに身体の力を抜く。

「承知いたしました」

直人はじっとしている女の前に膝を折ると、その滑らかな頬にバイブの先端を擦り付けた。

「や……」

細い顎を逸らして、彼女が怯えたような声を出す。その仕草がひどく煽情的だ。直人はくねるバイブの先端で、耳朶の裏やほっそりしたうなじをなぞった。

「ぁ……」

その刺激に、ぴくりと生田家政婦が腰を浮かした。

「——感じるのか？」

その反応に気をよくした直人は、今度はそのバイブの先端を盛り上がった胸もとに這わせた。

「ん……っ」

布地越しに乳首の周りを刺激された生田家政婦が、かすかに甘い吐息を漏らした。まろやかな乳房の形に沿って、何度もバイブでなぞると、ブラウスの上からでもあきらかに乳首が硬く立ち上がってくるのがわかる。

「ああ、乳首が浮き出てきた」

直人の興奮が高まってくる。乳房から脇腹をなぞり、横座りしているスカートの股間に、ぐっとバイブを押し付ける。

「はぁっ」

生田家政婦が艶《なまめ》かしい声を漏らした。

「いい声だ」

直人は女の股間にバイブを突きつけながら、ブラウス越しにピンと立ち上がった乳首を親指と人差し指の腹で摘まみ上げ、こりこりと揉み込んだ。

「あ、あ……や、だめ……」

みるみる女の瞳が熱を帯びて潤んでくる。

「――気持ちいいんだろう？　そんな蕩けた顔をして」

尖った左右の突起を強く摘まみ、こねくった。

「あっ、あ、だめ、あぁっ」

生田家政婦が端正な顔を振り、切なげに身悶えた。その顕著な反応に、直人はもう我慢できなかった。

バイブを押し付けたまま片手をブラウスの襟ぐりにかけ、乱暴に引き開いた。

ボタンが弾け飛んで、畳に音を立てて転がった。ぷるんと白いブラジャーに包まれた豊かな乳房がまろび出た。染み一つない剝き卵のようなつるりとした乳丘に、目を奪われる。

「綺麗だ——」

甘い香りが漂う胸の谷間に、直人は顔を埋めた。滑らかな乳肌に、そろそろと舌を這わせる。

「あん……やぁ……」

生田家政婦は顔を背けて、熱い息を吐いた。

鼻先でブラジャーを押し上げると、剝き出しになった乳房にぶちゅっと吸い付いた。

「はぁっ……あぁん」

白い喉を反らせて、女が喘ぐ。雪のように白い乳房に、大きめの肉色の乳輪に紅く立ち上がった乳首が猥りがましい。

「なんて柔らかなおっぱいだ」

ふくふくした乳房に顔を埋め、凝った乳首を舌先で上下に跳ね上げた。

「ふぁ……あっ」

　びくんと生田家政婦が身体を震わせた。その顕著な反応に、直人は左右の乳首を交互に口に含んでは、舌で舐ったり甘噛みしたりする。

「あぁ、ふぁ、や、だめ……」

　彼女は艶《あで》やかな黒髪を振り立て、太腿をもじもじと擦り合わせた。あきらかに欲情し始めた彼女の反応に、直人はバイブのスイッチを切って言った。

「もっと、弄って欲しい？」

　生田家政婦は、頬を上気させ潤んだ瞳で悩ましげにこちらを見つめた。

「それはご命令でしょうか？」

　直人はにんまりして言った。

「そうだ。パンティを脱ぐんだ」

「……承知いたしました……」

　生田家政婦はいったん中腰になると、そろそろとスカートを捲り上げた。むっちりと肉付きのいい真っ白な太腿が露になる。パンティもブラジャーと同じ白だ。生田家政婦はパンティに両手をかけ、一瞬躊躇した後、一気に引き下ろした。

「お……！」

　直人は思わず声を上げた。

黒々とした意外に濃い茂みに覆われた股間が、剝き出しになった。

「足を開いて」

直人の命令に、

「承知いたしました……」

小さな膝頭が立ち、左右に開いていく。

ぱっくり開いた秘唇は真っ赤に熟れ、すでにとろとろと熱い淫蜜を溢れさせていた。直人が息を呑んでそこを注視すると、視線を感じてか淫襞がひくひくと淫らに蠢いた。

「すごいな……もうどろどろだ」

直人の言葉に、生田家政婦がぽっと頰を染め、白い両手で顔を覆った。

「いやぁ……言わないで下さい」

その恥じらう仕草が直人の加虐心を煽った。手を伸ばして、指先を淫裂に沿ってすっと撫で上げると、女の腰がびくんと浮いた。

「あっ……あ」

そのまま花唇をくちゅくちゅと掻き混ぜる。

「あ、あっ、あぁ、いや……ぁ」

生田家政婦が息を荒くしながら小さく呻く。その度に、とろとろと粘っこい愛蜜が肉腔の奥から溢れてきて、直人の指を濡らす。

「すごい——指が火傷しそうに熱いよ」

感嘆の声を漏らすと、ぬるついた指で淫唇の上辺にたたずむクリトリスを探った。充血して膨れている淫豆の包皮を捲り、剝き出しにしたそれを指の腹で擦り上げる。

「ひ……うぅっ」

生田家政婦が紅唇を嚙み締めて、内腿を震わせた。

「クリトリスがこりこりに凝ってる……ああ、いやらしい汁が溢れてきた」

直人は熱い息を吐きながら、指を蠢かせてクリトリスを嬲った。

「ふぁっ、あ、だめ……そんなに、しないで、あぁん」

彼女は、白い額に生汗を滲ませ、間断なく押し寄せる快感に耐えている。しかし、尖りきった秘豆を転がすように弄り続けると、すすり泣きのような声で懇願した。

「お、お願い……もう、もう……！」

「ここに、挿れて欲しい？」

淫豆を弄っていた指を、ぬぷりと肉路の浅瀬に突き入れて、軽く攪拌した。

「はぁ、あぁあっ」

それだけで女は白い喉を反らせて、身悶えた。

「はぁあ、あ、挿れて……下さい！」

直人はうなずくと、手にしていたバイブのスイッチを入れた。くぐもったモーター音を立てて、くねくねと蠢くその切っ先をひくつく媚襞に押し当てる。

「ひぅ、うぅ……っ」

軽く挿入されただけで、生田家政婦はぶるぶると全身をおののかせた。その顕著な反応に、バイブを一気に奥まで押し入れた。濡れそぼった淫襞は、極太のバイブをずぶずぶと呑み込んだ。

「はあぁあっ、あっ、あぁああっ」

たわわな乳房を上下に振り立てながら切なげに喘ぐ。

「すごいよ、全部入った」

黒光りするグロテスクなバイブが根元まで呑み込まれ、うねうねと淫らに蠢く。

「あぁ、あぁん、はぁっ、あぁあ」

控え目な彼女のどこにこんな淫魔が潜んでいたのかと思うほど、生田家政婦のヨガリ方は壮絶だった。

「気持ちいいんだ？　バイブで、感じるんだ」

直人も異様な高揚感に包まれて、押し込んだバイブをつかんで、ずぐずぐと音を立てて抜き差しした。

「ふぁ、んんっ、あぁ、感じるぅ……」

全身をがくがくと震わせて、激しく悶える。その美貌が淫らに歪み、卑猥にも美しい。

（妻も——忍も、このバイブでこんなふうに悶えたんだ……）

直人の脳裏に、目の前で乱れる女と妻の面影が重なる。ふいに、胸が締め付けられるように痛くなった。いきなりバイブのスイッチを切る。

「ぁ……!?」

絶頂を極めようとしていた生田家政婦は、断ち切られた刺激に驚いたように直人を見た。

「俺より……こんなモノがいいのか？」

低い声でつぶやくと、生田家政婦が艶かしい声で言う。

「やぁ……ねぇ、お願いです……イカせてください」

生田家政婦が催促して腰を突き出してくる。妖艶な眼差しで直人をじっと見つめる。

「挿れて……欲しいの」

直人は我慢できなくなり、さっとズボンを下ろした。すでにがちがちに熱く勃ちきったペニスは、腹に刺さりそうなほどに反り返っている。これほど見事に勃起したのは、久しぶりだ。

「あ、あぁ……それ、ください、早くぅ」

灼熱の昂りを目にした生田家政婦は、もどかし気に腰を振り立てた。まだ深々と突き刺さったままのバイブの端から、とろとろと淫蜜が滴る。やにわに女の白い手が、黒いバイブをぬるりと引き抜いた。ぽっかり開いた淫襞が、真っ赤に腫れ上がっている。

「ここに……！」

生田家政婦が段ボール箱に背をもたせかけて、直人を誘った。直人は女に近づき、開ききって露になった淫唇に自分の肉塊の先端を押し当てた。

「あぁ……ん」

亀頭でぬかるむ蜜口をくちゅくちゅと掻き回してやると、それだけで彼女は背を仰け反らして甘く喘いだ。

「挿れるよ……」

腰を落とし軽く突き出しただけで、蕩けきった淫襞はあっさり肉棒を呑み込んでいく。

「ふぁっ、あぁぁ、あ、いぃいっ……」

疼く媚肉を満たされた悦びに、女が腰を波打たせて悶える。

「すごい……締まる……」

最奥まで咥え込まれ、蜜壺と化した膣襞が淫らに蠢動する。

「はぁ、あ、早く……突いて」

女の両手が直人の首にしっかりと回され、すらりとした両脚が腰に絡み付く。

「わかった」

直人は腰を揺さぶって強く穿ち始めた。

「は、ひ……あぁ、いい、あ、当たるぅ」

生田家政婦が、感じ入った嬌声を上げる。

「っ……」

直人は媚壁の激しい収縮に、あっと言う間にもっていかれそうになり、奥歯を噛み締めて吐精感に耐えた。

「ああ、すごい……なんて熱いんだ」

女の腰を抱えて、力任せに抽送を繰り返す。

「んんっ、ふぁう、あぁ、いい、あ、いい」

奔放な喘ぎ声を上げ、直人が動く度に女の背中がどすんどすんと段ボール箱に打ち当たる。

「ああいいよ、君のお○んこ、すごくいい……」

直人も感じ入った吐息を漏らしながら、腰を回転させるように動かし、肉腔の中で縦横無尽に動いた。

「ああ、ぁ、ああん……はぁあん」

生田家政婦が大きく仰け反りながら、息を弾ませる。

「はぁああ、あ、も、イッちゃうぅ」

女のヨガリ声が、尻上がりに昂っていく。それと共に、淫襞が肉胴にきつく絡み付き、きゅうきゅうと締め付けてくる。

「……っ、も、俺も……」

直人は腰を細かく震わせて、女を絶頂に追い上げる。

「あー、あっ、も、もうっ、ああ、イク、イクぅ、イクぅ、うぅううーっ」

生田家政婦が首を激しく振りながら、エクスタシーに駆け上った。それを追いかけるように、直人も達した。

「おぅ……出る、出る……っ」

直人は息を凝らして腰をびくびくと突き上げ、激しく飛沫《しぶ》いた。

「あ、あぁん、あぁあぁ、あぁあぁあぁー」

女は全身を痙攣させながら、最後の一滴まで搾り取るように腰を蠢かせた。

4

翌日の日曜日も、指定された時間に生田家政婦はドアチャイムを鳴らした。

直人は昨日の狂態があるので、どういう顔をすればよいのかと気恥ずかしかったのだが、玄関に現れた彼女は前日と同じ落ち着き払った表情だ。

「本日は、どのお部屋の荷造りをいたしますか？」

事務的な彼女の言葉に、直人も簡潔に答えるしかなかった。

「あ、廊下のウォークインクローゼットの中を頼みます」

「承知いたしました」

さっさと仕事にとりかかろうとする女の背中に、急いで付け加えた。

「女物は全部『廃棄処分』にして下さい」

ちらりと肩越しに振り向いた生田家政婦は、一瞬間を置いた後、「……承知いたしました」と答えた。

リビングに戻った直人は、ぼんやりテレビを眺めていたが、自然と廊下に意識がいってしまう。昨日の彼女の熱い淫襲の感触を思い出しただけで、下半身に血が集まっていくようだ。

我慢できず立ち上がった直人は、足音を忍ばせてウォークインクローゼットに向かった。ドアは開放されていた。そこから中をのぞくと、衣類の山の中で生田家政婦が、クローゼット内にあるロフトに向かって梯子《はしご》を昇っているところだった。ぴっちりしたジーンズに包まれた丸い臀部が、女の動きに合わせてぷりぷりと動く。

直人は思わず、その形のいい尻に見とれていた。と、ロフトに積み上げられた衣類箱を抱え、梯子を下りようとした生田家政婦が、段を踏み外した。

「あ……っ」

小さく声を上げてバランスを崩した女の身体を、直人はとっさに飛び込んで抱えた。

「大丈夫ですか?」

生田家政婦ははっとして目を見開き、思わず手にしていた衣類箱を取り落とした。どさどさと床に箱が落ち、蓋が外れて中の女物の衣類が飛び出した。

「す、すみません。大丈夫です」

両脚を抱えるようにして支えている直人に、彼女はかすかに頬を染めて答えた。下から支えた直人の顔に、ちょうどふっくらした尻が当たる。女の柔らかな肉体の感触と鼻腔をくすぐる甘い香りに、直人は情欲がかっと昂った。彼女の身体を抱きかかえて引き下ろし梯子に押し付け、そのまま紅唇にむしゃぶりついた。勢いで歯ががちっとぶつかる。

「んんぅ……んっ」

生田家政婦は一瞬身を強ばらせたが、直人が唇を割り、舌を差し入れて歯列をなぞり上げると、みるみる力が抜けた。

「んふぅ……んんっ」

口腔内を舐め回した直人の舌が、女の舌を絡めとり、きつく吸い上げた。

「はぁ……ふぁん……んっ」

次第に生田家政婦の舌も積極的に動き、二人はぬめぬめと舌を蠢かせ、深い口づけを堪能した。長い口づけが終わり、直人がようやく唇を離す頃には、生田家政婦の目元はとろんと甘く蕩け、頬が淫らに上気していた。

直人は膝を折り、そろそろと女の下腹部に顔を寄せた。ジーンズに包まれた股間が熱く蒸れている。両手で素早くジーンズを緩め、下着ごと一気に膝まで引き下ろした。

「や……っ」

目を射るほどに白い下腹部が露になる。直人はその中心にある、黒い茂みに顔を寄せ、熱い息を吹きかけた。

「あ……ん」

それだけで女が、甘い吐息を漏らした。

そろりと直人の舌が、淫裂の狭間をなぞり上げた。

「は……ぁっ」

生田家政婦がひくりと腰を震わせた。

「ああ、もうこんなに濡れて……」

指で花唇をぱっくりと開くと、ぬかるむ襞を一枚一枚舐め上げた。

「や……んんっ、はぁっ、あぁ……」

女は甲高い嬌声を漏らし、白い喉を反らせて喘いだ。

「美味しい——溢れてくるよ」

直人はぴちゃぴちゃと卑猥な音を立てて、女の愛液を舐めとった。濃厚な雌フェロモンの匂いがぷんと鼻をつく。

「ふぁ、あ、やぁ……」

ほっそりした白い手が下りてきて、股間に埋められた直人の頭髪をくしゃくしゃにする。

うねる秘襞を掻き分け、包皮から剝き出しになったクリトリスにちゅっと吸い付いた。

「ひぁっ、あっ、ああっ」

生田家政婦が腰をびくんと跳ね上げて、悲鳴のような喘ぎ声を上げた。口に含んだ秘豆を舌先で転がしたり強く吸い上げたりすると、面白いように淫蜜が溢れ、女の腰がびくびく震える。

「や、やぁ、もう……だめ、だめぇ」

生田家政婦が息を詰まらせて、ぷるぷると内腿を震わせる。直人は秘豆を舐りながら、二本指で淫唇をくちゅくちゅと掻き回した。

「んっ、ふぅ……あぁあっ、あっ、あ」

軽く達したのか、彼女は仰け反って甘く喘いだ。どぷどぷと大量の愛液が噴き出して、直人の顔を卑猥に濡らした。

「ああすごい、たまらないよ」

女の淫蜜で濡れ光る顔を上げると、直人は立ち上がりざまズボンを引き下ろした。痛いほど勃ち上がっている逸物を握りしめ、女の片脚を抱え上げ、ひくつく花唇の中心に押し当てる。

「はぁあっ」

熟しきった媚肉は、直人の肉胴を包み込みながらも押し戻そうとする。

「う……く、きつい」

抵抗する淫襞を掻き分けて、直人はぐぐっと肉竿を奥まで突き入れた。

「あぁあぅ、ああっ」

生田家政婦は法悦に仰け反り、片足でつま先立ちしながら男の首にしがみついた。

「あぁ、あ、深いのぉ……っ」

根元までぐっさりと貫いた直人は、女のもう片方の脚も抱えてだっこのような体位を取り、そのままぐいぐいと腰を揺さぶった。

「はぁっ、ああ、あぁ、こんな……あぁっ」

硬く反り返った剛棒がずんずんと子宮口を突き上げ、泣き叫ぶようなヨガリ声が尻上がりに高まる。

「ひあぁ、いやぁ、当たるぅ」

「く……すごい、つぶされそうな勢いだ」

女の身体を大きく揺さぶりながら、下から力強く腰を穿った。ぐっちゅぐっちゅと粘膜のぶち当たる音と共に、溢れた愛液が床に飛び散る。

「ふぁう、あううっ、あぁあぅ……」

肌理の細かい肌にじっとりと汗を滲ませ、生田家政婦が獣のように叫び声を上げる。直人はTシャツに包まれた波打つ乳房に、服の上から歯を立て、膨れた乳首に噛み付いた。

「ひぅう、だ、め、あぁ、だめぇ」

感に堪えたような声を出し目尻に涙を溜め、首をふるふると振る。

直人は深々と繋がったまま、抱き上げてクローゼットの中を移動した。足を踏み出す度に結合が深まるのか、女が背中を反らしてぶるぶると痙攣した。

「ああ、ひぃ、すごい、いい、ああ、いい」

直人が歩き回るごとに、生田家政婦は絶頂へ飛ぶ。

「あ、イク、ふぁ、またイッちゃうぅ」

間断ないアクメに、色白の美貌が淫らに歪み、ぽっかり開いた紅唇の端から一筋の涎が糸を引く。

「すごいよ、中がきゅうきゅうして……」

直人は床に散らばる妻の衣服を蹴散らすように歩き、その上に女の淫蜜が垂れ落ちる。

「も……だめ、……あぁ、あぁあぁぁ」

余りに張り上げすぎて、その声が掠れている。

「お……俺も……もう」

直人も限界に達し、ぐぐっと肉棒を突き上げると、びくびくと腰を何度も震わせて射精した。

「ひ……ひぁ……」

直人の腕の中で、女がぐったりと弛緩した。腰を引くと、ぐぽっと卑猥な音と共に、精液と愛液が混じった大量の汁がぽたぽたと床に滴った。

「あ……ぁ……」

まだ愉悦の余韻に浸っている生田家政婦の身体が、踏み散らかされた妻の衣服の上にくにゃりと倒れ込む。その、汗ばんだ白い臀部を目にしたとたん、直人の中に再び淫欲が湧き上がる。四つん這いになった女に、背後から襲いかかった。

「あっ……だめ、もう……無理……です」

女が弱々しく抵抗する。

「無理なもんか。女はいくらでもイケるようにできてるんだ」

直人は体内に暴虐な血が駆け巡るのを感じた。この女を弄《もてあそ》ぶことが、妻への復讐であり贖罪であるような気がした。驚いたことに、精を放ったばかりの男根が再びむくむくと力を漲らせる。

直人は背後からのしかかり、その滑らかな首筋に強く吸い付いた。

「やぁ、ああっ」

雪のような白い肌に、点々と紅い跡が散る。悲鳴を上げる女の背後から、濡れそぼつ淫唇めがけて肉茎をねじ込む。

「ひぁあ、あぁ、あぁああ」

生田家政婦は、床に爪を立てるようにして前に逃げようとしたが、その腰を引き寄せて、容赦なく抽送を開始する。

「ひぁ、こ、壊れちゃう、そんな……お、おかしくなっちゃぅう」

太い切っ先で抉られるように貫かれ、あられもない悲鳴が上がる。

「壊れたらいい……おかしくなれよ」

直人はもはや、相手が生田家政婦なのか妻なのかの判断ができなかった。

取り憑かれたようにずぐずぐと激しく背後から突き上げながら、Tシャツを捲り上げ、たわわな乳房をもみくちゃに捏ねた。

「うぁ、ひあ、あぁ、すごい、ああすごい……すごいわ」

生田家政婦の悲鳴は、いつしか甘いすすり泣きに変わっている。淫腔は溢れるほどに愛液をだだ漏らし、膣壁は悦びにうねうねと蠢いて男根に絡み付く。

「ああ、いいのか？　いいんだな？　こうされるのが、いいんだな？」

直人の中の加虐心が煽られて、獰猛《どうもう》な野獣のように乱暴な抽送が繰り返される。

「ああいい、いいのぉ、もっと……もっとして……もっといじめてぇ……」

女は嬌声を上げながら肩越しに顔を振り向け、妖艶に濡れた目で直人を見つめた。

(忍……!　そうだったのか——お前が欲しかったのは、これだったんだな)

やっと妻の本心が理解できたような気がした。

「う……お、お……」

直人は低く呻きながら、女の首筋や頬に舌を這わせ、激烈に腰を繰り出した。

「あふぅ、またイクっ、ああまたイク、イクのぉ、あぁあぁあああぁ」

生田家政婦が絶叫した。

直人の脳裏は快楽の炎で真っ赤に染まる。

次の瞬間、燃え盛る媚肉の中で真っ白な欲望を弾けさせた。

抜いてあげます

1

まさか階段から足を滑らして、脚を骨折するとは思わなかった。おまけに腰まで痛めてしまった。

木内浩平《きうちこうへい》は、かつてはプロ野球界でも屈指の豪速球の持ち主で、新人王にも輝いたことがある男だ。引退して二十年経ったとはいえ、運動能力には自信があった。それなのに――。

「年寄りの階段での転落死って、多いのよ。気をつけてよ、お父さん」

一人娘の彩菜《あやな》が、掃除機を片付けながら部屋の奥のベッドに横たわっている浩平に言った。

「年寄りって、俺はまだ六十前だぜ」

こいつ、子どもを産んでからとみに口うるさかった妻に似てきたな、と内心思いながら唇を尖らせた。

「とにかく。あたしも家庭があるんで忙しいの。お父さんの世話は、当分家政婦さんに頼んだから」

浩平は顔をしかめた。

「他人の世話になぞならん」

彩菜が鼻で笑いながら言う。

「そんなこと言ったたって、まだ一人でろくにトイレにだって行けないじゃない。オムツでもする？」

むっとして口をつぐんだ。

「それじゃ、明日から頼んであるから。よくその人の言うことをきくのよ。横柄な口きいちゃだめよ、わかった？」

子どもに言い聞かせるような口調で、彩菜は念を押した。浩平は、顔を背けて聞こえない振りをした。

彩菜が帰ると、入れ替わりのようにしてカレンが訪れた。あらかじめ、娘の帰る時間に合わせて呼びつけていたのだ。

「こーちゃん、大変だったわねぇ」

ホステスのカレンは、派手に髪を巻き上げ濃厚なトワレの香りをぷんぷんまき散らしながら、部屋に入ってきた。彼女はこの十年、浩平の愛人をしている。

「ご覧の有様さ」

浩平はベッドから少し起きて、満面の笑みでカレンを迎えた。

「あらぁ、痛々しい」

カレンは真っ赤に塗った唇を突き出すようにして、浩平に軽くキスをした。

「というわけでさ、しばらく面倒みてくれないかな？　半月は身動き取れないんだ」

浩平の言葉に、カレンは即答しなかった。何か考える素振りをしていた彼女は、ふいに居ずまいを正して言った。

「あのさぁ、こーちゃん。私、今度結婚することにしたんだ」

「ええ!?」

浩平は驚いて、思わず声を上げた。

「結婚ってお前、いつの間にそんな相手——」

カレンが無邪気そうに目をくるっと回した。

「だってさぁ、私もう三十だしさ。ちょこっとのお手当で、こーちゃんの面倒一生みるわけにはいかないじゃん」

「ちょこっとって——」

プライドを傷つけられて、顔をしかめた。

「ごめんねぇ。これきりにしたいの。でも最後に、咥えてあげる」

カレンは悪びれない態度で綺麗にマニキュアの施された手を伸ばすと、浩平の下半身にかけられていた毛布を剝ぎ取った。

「おい……」

振り払おうとするより早く、カレンの手がパジャマのズボンをトランクスごと引き下ろした。

「あらぁ、こっちは無傷でよかったわね」

女の長い指がペニスの根元に添えられて、ゆっくりしごきだすと、浩平の腰は思わずぴくんと反応してしまう。

「ほらほらぁ、もう硬くなってきた」

カレンが嬉しそうな声を出し、股間にゆっくり顔を寄せてきた。

「んふぅ……」

半勃ちになった肉茎の先端を、まっ赤な唇がぱくりと咥え込んだ。

「――っ」

くびれた亀頭の周囲をぬめった舌がくりくりと擦ると、たちまち下腹部に血が集結しペニスが膨らんでくる。

「んんっ、んっ……んんふぅん」

カレンは甘い鼻息を漏らしながら、徐々に喉奥まで肉胴を呑み込んでいく。

「んぐぅ……はふぅん……」

綺麗にセットした髪を揺らしながら、頭を上下に動かす。さすがに長年愛人をしていただけに、浩平の感じやすいツボを的確に刺激してくる。

「お……」

ひりつく海綿体を温かな口腔でくちゅくちゅと舐られると、熱い快感が下腹部から湧き上がってくる。

（くそぉ……かつての新人王も、娘ばかりか、こんな三流ホステスにすらいいよ

うに扱われて……堕ちたもんだ)

フェラチオの心地よさに目を細めつつも、浩平は心のどこかで薄ら寒い風が吹くのを感じていた。

現役を引退してからは、なにもかも上手くいかなかった。飲食店経営にも手を出したが、商才が無く失敗した。

口べたで人を指導する能力もないため、タレントや野球解説者やコーチになることもかなわなかった。結局、手元に残った幾ばくかの貯金で、安っぽいホステスを囲うくらいしか楽しみがなかったのだ。

五年前、妻に不治の病で先立たれ、それまで住んでいた豪邸を売り払い小さなマンションに移った。それからはたまにゴルフに出かけるくらいで、たいていは部屋で一人将棋をしながら、昼から酒を飲む生活だ。カレンへの月々の手当も目減りする一方で、最近では彼女もほとんど浩平に会いにこなかった。過去の栄光にすがって傲慢で不遜な態度が変えられず、周囲に煙たがられているのは自分でもわかっていたが、それを変える気もなかった。

「もっと入るだろう、そら」

内心の不快さを振り払うかのように、浩平は女の頭をぐっと股間に押し付けた。

「んぷ……んんっ、んっ」

カレンは苦しそうな呻き声を上げたが、口の端から涎を流しながら、必死で咥え込む。

早く終わらせようと思ったのか、紅唇をきゅっと窄《すぼ》め根元を握る手に力を込め、顔の抽送を速めた。

「んぐぅ……んっ、んんふぅん……」

「お……いいぞ、ああ、いいぞ」

悦楽が昂り、浩平は低く呻いた。

「ぅお、お、出る……お、出るっ」

カレンの頭を抱えると、びくびくと腰を震わせた。

「あぅんぐぅ……ぐ、ううぐぅ……」

びゅくびゅくと大量に放出した欲望の精を、カレンが喘ぎながら嚥下した。

「じゃ、こーちゃん、元気でねぇ」

化粧を直したカレンはさばさばした表情で軽く手を振り、さっさと部屋を出ていった。

一人残された浩平は、やるせない思いに囚われて深い溜め息をついた。

2

翌日。

まだうとうとしていた浩平は、キッチンの方から流れてくる鼻をくすぐる匂いに、ふっと目を覚ました。

「――味噌汁？」

思わず身を起こそうとして、ギプスで固めた脚に激痛が走り、顔をしかめた。

「――失礼いたします」

寝室のドアが遠慮がちにノックされて静かに開き、一人の女が入ってきた。

三十代後半だろうか。質素なTシャツとジーンズにエプロン姿。艶《あで》やかで長い黒髪は、無造作にうなじで結んである。整っているが化粧気のない顔は、肌理が細かく色白で、黒目がちの大きな瞳が印象的だ。女は両手で盆を抱えている。

「おはようございます。まごころ家政婦協会から参りました、生田良美《いくたよしみ》と申します。木内様のお体がご不自由だとうかがいましたので、お嬢様から家の鍵を預かって、入らせていただきました」

「ああ――」

昨日娘が言っていたことを思い出した。

「じゃ、あんたが娘の寄越した家政婦さんか。家の中を他人にいじくられるのは、不愉快なんだよな」

浩平の憎まれ口を、生田家政婦は受け流して言った。

「お食事を召し上がりますか？」

サイドボードの上に盆が置かれた。ご飯、焼き魚、おひたし、味噌汁のシンプルな献立だが、ほかほかと湯気が立ち食欲をそそる香りがする。

「せっかくだから、食うよ」

起き上がろうとする浩平に、生田家政婦がさっとそばに寄り、背中を支えて介助した。Tシャツ越しに意外に量感のある女のバストが背中に触れ、一瞬どきりと胸が高鳴った。

「では、お食事が終わる頃にまた参ります。その間に、洗濯と掃除をいたします」

生田家政婦は無機質な声でそう言うと、寝室を退去した。

（美人なのにあんな地味な格好で、もったいねえな。胸もでかいし）

いささか不埒《ふらち》なことを考えながら、箸を取って味噌汁の碗に口をつけた浩平は、目を丸くした。

「美味い！」

妻に先立たれてからデリバリーか外食以外していなかったので、久しぶりの手作りの食事に舌鼓を打った。

食事が終わってしばらくすると、再びドアがノックされ生田家政婦が入ってきた。

「お下げします」

盆を持って引き下がろうとした彼女に、浩平は小さい声で言った。

「悪いが……」

先ほどから尿意を催していた。ベッドの脇の車椅子に乗るにしろ、介助が必要だ。

「承知いたしました。どうぞ、これに」

察したのか生田家政婦が、さっとベッドの下に置いてある尿瓶《しびん》を取り出した。

「いや、トイレに行くから……」

さすがに浩平は顔が赤らんだ。

「お小水だけでしたら、こちらですまされた方がご負担がかかりません。私はかまいませんから」

すでに膀胱がぱんぱんになっていたため、仕方なく尿瓶を受け取った。生田家政婦は、くるりと背を向けた。

「すまされましたら、お声をかけてください」

(気が利くな)

浩平は感心しつつ尿瓶を使い始めたが、尿の排出されるじょろじょろという音を彼女に聞かれているかと思うと、ますます顔に血が上る。

「——終わった」

恥ずかしさを押し隠すためわざとぶっきらぼうに言うと、向き直った彼女は黙って尿瓶を受け取った。

「では処理して参ります。大きい方の時は、車椅子でお連れしますので、遠慮なくおっしゃって下さい」

大量に尿の入った尿瓶を抱えて出ていく女の後ろ姿を見つめながら、浩平は妙にペニスがうずうずするのを感じた。

3

翌日。

浩平はいつもより早く目覚めた。なぜかそわそわと落ち着かず、生田家政婦が現れるのを心待ちにしている。やがて勤務時間の朝八時ちょうどに、玄関口で鍵を開ける音がし、廊下からひっそりとした足音が聞こえた。

控え目にドアがノックされ、彼女が入ってくる。昨日と同じ地味な格好だが、なぜか妙に艶《なまめ》かしい色気がある。

「おはようございます。何か御用はありますか？」

浩平は少し躊躇《ためら》ってから、言う。

「その……大の方が。トイレに……」

生田家政婦はうなずいて、ベッドの横に据えてある車椅子を押し、浩平を起き上がらせた。男の両腕を自分の首に回させ、腰をしっかりと抱えた。まるで女に抱きつかれるような形になった。女の髪からは、甘いシャンプーの香りが漂い、ぴったり押し付けられた胸は弾力があり柔らかい。浩平は、下腹部がみるみる硬化するのを止められなかった。

「だいじょうぶですか？　いきますよ。一、二、三」

生田家政婦はかけ声と共に、さっと浩平を車椅子に移動させる。華奢な身体だが、介助の腕はさすがにプロだ。廊下の先のトイレに着くと、再び身体を密着させながら浩平を便座に移動させる。

「終わりましたら、声をかけてください」

トイレのドアが閉められ、浩平は程なくして用を済ませた。

「終わったよ」

ドアを開けた生田家政婦が、はっと息を呑んだ。便座に腰掛けている浩平は、下げたパジャマのズボンをそのままに、下半身剝き出しだったのだ。しかも、股間の一物は見事にそそり立っている。女の色白の美貌に、わずかに血の気が差す。

「――こっちが、終わらないんだ。その、手でいいんで……」

浩平は懇願するような目で見上げた。普段横柄な自分が、なぜか彼女には妙に気後れしてしまう。そのプロに徹した、媚びない態度のせいかもしれない。

「――承知いたしました」

生田家政婦は表情を動かさず浩平の前に跪くと、そっと白い両手を股間に伸ばしてきた。女のひんやりした手が肉茎に触れると、浩平はぞくりと快感が背筋を走るのを感じた。

「いきます」

の声と共に、左手を陰嚢に添え右手でペニスの根元を握り、ゆっくりと上下にしごき始めた。

「っ――」

あまりの気持ちよさに、声が漏れた。

強からず弱からずの絶妙な握り具合で、浩平の肉胴を擦り上げてくる。たちまち鈴口から透明な先走り液が溢れて、女の手を濡らす。くちゅくちゅとかすかに淫猥な音がトイレに響く。

浩平の一物は、フルに勃起するとかなりの大きさになる。生田家政婦の小さな手に余るくらいの太さなので、ぬるつく肉茎に女が手こずっている。本当はすぐにでも放出したいくらいに昂っていたが、ぐっと下腹部に力を込めて耐えた。疲れてきたのか肩で息をしだし、彼女の白い額に汗が浮かぶ。

「――手じゃ、イケない」

浩平がぼそりとつぶやいた。生田家政婦が、はっと顔を上げた。その黒目がちの瞳が、妖しく濡れている。

「その可愛い口でしてくれ」

白い手がぴたりと動きを止めた。

「――承知いたしました」

ほっそりした両指を肉茎の根元に添え、紅唇をそっと開いて寄せてくる。

「ん……ふ……」

生田家政婦は、赤黒くテラつく雁首をすっぽりと口中に含んだ。それから顔をゆっくり上下に揺すりたてた。

「お……いい……」

あまりの心地よさに、浩平は思わず低く呻いた。

「んんっ……あぁん……んふぅ……」

悩ましい吐息を漏らしながら、彼女は怒張を呑み込んでいく。大きく開いた唇から、ぬぷぬぷと音を立てて自分のペニスが見え隠れする様は、あまりにも卑猥でそそる光景だ。

「んぐぅ……むぅ……んんぅ……」

紅唇が雄茎を吐き出すたびに、節くれだった肉胴が彼女の唾液でぬらぬらと淫猥に濡れ光っているのがのぞける。

「あ……ああ、いいよ、いい……」

温かい口腔の粘膜で男根をしごかれるたびに、義務的だったカレンのフェラチオとは比べ物にならないくらいの快美感が生まれ、浩平はうっとり目を細めた。思わず両手を伸ばして、女のTシャツ越しに乳房をつかんでむにゅむにゅと揉みほぐした。すると、

「あぁ……ふぁん……んんふぅん……」

生田家政婦は口による愛撫を続けながら、かすかに悩ましい喘ぎ声を漏らす。その意外に顕著な反応に、少し驚かされる。

思った以上に量感のあるぷりぷりした乳房の触り心地に、浩平のペニスがぐんと膨れた。

浩平はさらにTシャツを捲り上げ、白いブラジャーに包まれた双乳を剝き出しにした。ぐいっとブラジャーを押し上げると、ぷるんとたわわな乳房がこぼれ出た。紅い乳首は、すでに興奮でつんと尖っている。その凝った乳首を指で挟んで、すりつぶすように揉み込むと、

「うぁあん……ふぁん……うぅあぁ……」

生田家政婦は首を振り立てながら、うねるように腰をくねらせた。色白の頬が欲情して薔薇色に染まり、巨根を頬張った口元から妖しい喘ぎ声がこぼれる。その切迫した甘いすすり泣きに、浩平の興奮もいや増してくる。

「あぁん……んふぅん……んんんぅ」

剛棒を咥えながら、彼女が濡れた目で見上げてくる。

「これが……欲しいのか？」

浩平の問いに、女は目元をぽうっと紅く染めながらかすかにうなずく。

「立って下着を脱いで、ケツを出せよ」

浩平が命令すると、生田家政婦はぬるりと怒張を吐き出し、ゆっくり背中を向けて立ち上がる。ジーンズとパンティを脱ぎ捨てると、ぷるんと真っ白い臀部が剝き出しになる。

「こ、これでいいですか？」

女の声は緊張でかすかに震えている。少し後ろに突き出すようにした双臀の狭間の黒々とした下生えの間から、紅く濡れ光る果肉がのぞいている。浩平の太い指が伸び、その開ききった淫襞をまさぐった。

「はぁっ、あ……」

すでにぬるぬると潤っている蜜口を掻き回すと、生田家政婦が背中を仰け反らして甘く喘いだ。

「ああ、もうどろどろだ」

くちゅくちゅと淫らな音を立てて、媚肉を擦り上げてやると、豊かな双臀が物欲しげにくねる。

「ぁあ、あ、あぁん……やぁ……」

かすかに開いた紅唇から悩まし気な喘ぎ声が漏れる。

「すげぇ、指をこんなに締めつけて――」

秘裂のさらに奥に指を突き入れ出し入れすると、柔襞がきゅっきゅっと収縮を繰り返す。

「きついや。すごいなあんたのお◯んこ」

浩平がいたぶるように声をかけると、色白の美貌が火を噴かんばかりに紅潮する。

「いやぁ……そんな、あぁん……」

女は追いつめられたような声を上げ、太腿をぶるぶる震わせる。親指で充血しきったクリトリスを擦りながら、人差し指でその裏側の膣壁をぐりぐりと激烈に突き上げた。

「ひ……ひぁ、あぁ、あ、やぁ、だめっ」

びくんと腰を跳ね上げ、悲鳴のようなヨガリ声が上がる。敏感な急所を責められ、男の手を止めようと、太腿をきつく閉じ合わせようとする。しかし浩平は、もう片方の手で女の細腰を引きつけると、指の出入りをさらに加速させた。

「ぁあああ、あぁ、いやぁあ、ぁあぁ……」

ちゃぷちゃぷと激しく淫蜜が弾け、生田家政婦は全身を強ばらせて喘いだ。指がクリトリスを擦りながら最奥をぐっと押し上げると、びくんびくんと女の腰が痙攣した。

「うくぅ……うぁぁあぁぁ……」

浩平が一気に指を引き抜くと、開ききった淫唇からびゅっと透明な液が噴き出した。

「お……すげぇ」

大量の潮が、ぽたぽたとトイレの床に滴《したた》り落ちる。

「はぁ……はっ……は……ぁ」

生田家政婦はトイレの壁面に手を突いて、肩で息を継いだ。その背中に声をかける。

「一人でイッたのか？　俺はまだだぜ」

まだ快感に酔った顔で女が肩越しに振り向いた。そして浩平の股間に隆々とそそり立つ昂りを見ると、悩ましい溜め息をついた。ゆっくり近づいた彼女は、便座に座るような姿勢で浩平を跨ぐ形になった。

「……脚が」

生田家政婦がギプスで固めた浩平の脚を気遣った。

「大丈夫だ」

両脚を出来るだけ開き、女の尻が当たるのを避ける。

「挿れます……」

自分の股間から手をくぐらせて、男の肉茎を支えて、淫裂に亀頭を押し当てた。そして徐々に腰を沈める。

「んっ……はぁ」

ぬるりと濡れた媚襞を割って、膨れた切っ先がずぶずぶと呑み込まれた。

「ふぁ、あ、はあぁん」

一気に根元まで挿入すると、今度はゆっくりと腰を引き上げ、再び奥まで呑み込む。

「はぁ、あ、あぁ、当たる……あぁ……」

生田家政婦はほつれた黒髪を振り乱して喘いだ。

「おぅ――すごい、きつい……」

女の膣襞は別の生き物のようにやわやわと肉棒に絡み付き、熱く締め上げてくる。入る時は肉厚の柔襞が怒張を押し戻そうとし、出る時には今度は逃がさないとばかりにきゅっと締めつける。その極上の粘膜感に、浩平は酔いしれた。

「ふぁ、あ、あ、深い……あぁ、いいっ」

生田家政婦も次第に動きを速めながらさらに快感を貪ろうと、腰をひねるようにくねらせる。

「あぁ、あ、いい、いいの、ぁあん……」

ずちゅくちゅと粘膜と粘膜の打ち当たる卑猥な音が、トイレの中に響く。

「うぅ……締まる……」

媚肉の収縮を味わいながら、背後から両手を回して揺れる乳房をわし摑み、揉みしだいてやる。

「あぁあん、あん、はぁん、あっ……」

生田家政婦は甲高い嬌声を上げながら、背を仰け反らした。粘ついた水音がさらに激しくなり、溢れた淫蜜が浩平の下腹部までぐっしょりと濡らす。

「やぁ、あ、も、だめ、あ、イキそう……」

猥りがましい喘ぎ声を高めながら、女が腰を振り立てた。

「っ……も、俺も……」

膣壁がひくひくと収縮を繰り返し、浩平の肉棒を引きちぎらんばかりに締め上げた。

「あー……あー、も、イク、あ、イキます」

熱く熟れた淫襞が最後の蠢動をし、びくんびくんと痙攣した。

「イク、あ、イクぅ、イクのぉ……っ」

女がエクスタシーを極めるのとほぼ同時に、浩平もどくどくと激しく飛沫を噴き上げた。

「ぉう……うっ」

浩平は女の細腰を抱え、何度も欲望を出し尽くすまで穿った。

「あぁあ、あぁあああ、あぁあぁぁ……」

ぐったり弛緩した身体を揺すぶられながら、生田家政婦は掠れたヨガリ声を上げ続けた。

その日以来、浩平はトイレの介助のたびに、生田家政婦の身体を求めた。元野球選手で体力があるのに寝てばかりいるせいで、欲望が溜まりに溜まってしまう。彼女は交わる時にはあられもなく妖艶に乱れるのだが、ひとたび業務に戻るとすっと能面のような表情に戻りてきぱきと働きだす。そのギャップと、熟しきった肉体にさらに魅了されるのだった。

4

半月後、浩平はどうにか松葉杖を使っての移動が出来るようになった。

さすがにもう尿瓶は使わず、一人でトイレにも行ける。そうなると、生田家政婦を誘いづらくなってしまった。彼女は浩平が頼めば「承知いたしました」と、奉仕してくれるが、決して自ら求めることはなかったからだ。

その日、ベッドの上で一人詰め将棋をやっていると、生田家政婦が午後に飲む薬と水を持って入ってきた。

「お薬です」

「うん」

ベッドサイドのテーブルに身を屈めて薬の載った盆を置く時、ちらりとTシャツの胸もとから奥の谷間がのぞけた。浩平は下腹部がむずむずして、あわてて顔を逸らし、何気なく言ってみた。

「生田さん。どお？　一局」

生田家政婦は将棋盤に視線をやり答えた。

「私、弱いですから」

「あ、じゃあやるんだ。俺は六枚落ちでいいからさ。やろうよ」

浩平が乗り気で盤を差し出すと彼女は、

「承知いたしました」

と、ベッドサイドに椅子を引いてきて腰を下ろした。

十五分後、浩平は完敗した。

「ちょ……意外と強いじゃん。ね、もう一局、飛車角落ちで」

生田家政婦は黙ってうなずいた。

今度も完敗であった。元々勝負師だった浩平は、むらむらと対抗心が湧いた。

「今度はハンデなしでやろう。もしあんたが勝ったら、なんでも欲しいものやるからさ」

子どものようにむきになる浩平に、女は平静な顔で答えた。

「承知いたしました」

だがあと一手というところで、浩平は詰んでしまった。虫も殺さぬような顔をして、相手は強気の攻め将棋をする。

「――参った」

浩平は素直に頭を下げた。

「では、私は仕事に戻ります」

生田家政婦は静かに立ち上がると、エプロンを着け始めた。

「あ、約束だから、何か欲しいものはないの？」

浩平が聞くと、冷静な答えが返ってくる。

「お客様から何か物品を受け取るのは、協会から固く禁じられております」

浩平は取りつく島も無い彼女に、思わずとんでもないことを口にした。

「じゃ――舐めようか？　その、いつもしゃぶってもらってたし……」

生田家政婦の表情がかすかに動いた。

「それは、ご命令ですか？」

あ、と気がついた。彼女は職務に忠実であると。浩平はいつもの態度に戻り、

「そうだ、命令だ。裸になってお○んこを、舐めさせろ」

「——承知いたしました」

生田家政婦は素早く服を脱ぎ、束ねた長い髪をはらりと解くと、全裸でベッドに上がり浩平の眼前に立った。少し躊躇った後、すらりとした両脚をそっと開いた。浩平も初めて目の当たりにする、彼女の秘部だ。黒々と濃い下生えに包まれたそこは、わずかにほころんで紅い媚肉をのぞかせている。

「もっと自分で開いてみせろ」

浩平が言うと、女は白い指を局部にあてがい、そっと秘所を押し開いた。すると内部で溜まっていた愛蜜がとぷりと溢れて滴り落ち、シーツに淫らな染みを作った。

「なんだ、脱いだだけでもうそんなに濡らしてるのか」

揶揄するように言うと、生田家政婦の色白の全身がほんのり色づく。その恥じらう様がひどく煽情的だ。浩平は顔を寄せると、彼女の股間に顔を埋め、くんく

んと鼻を鳴らした。

「ああ……どすけべな匂いがする」

「ふぁ、や……」

男の熱い息が恥毛をそよがせると、艶かしく腰がぴくんと反応した。浩平は舌を差し出すと、とろとろに溶けた粘膜をゆっくりと舐めしゃぶり始めた。

「は、あぅうん……はぁん……」

生田家政婦が腰をくねらせながら、甘い鼻声を漏らす。

「すごい……汁が溢れて……美味いよ」

肉路の奥から大量に漏れ出す愛液を舌腹で掬い取り、ぴちゃぴちゃ音を立てて嚥下しながら低い声でささやく。

「いやぁ……ああ、やぁ……あん……」

媚悦に耐えきれないのか、秘処を押し開いているほっそりとした手が、わなわなと震えている。淫裂に沿って舐り回して、尖らせた舌先で膨れたクリトリスを突ついた。

「ひぁっ、あぁ、はぁっ……」

生田家政婦の全身がびくんと跳ねて、悲鳴のような喘ぎ声が上がる。浩平は包皮から顔をのぞかせた淫豆を、くりくりと舌先で転がした。

「っ……やぁ、あ、だめ、はぁあっ」

彼女はあられもない声を上げながら、くるおし気に身悶える。蜜口から愛液が後から後から溢れ、浩平の口元をぐっしょり濡らす。ひくつく柔襞に舌を這わせたり、勃ちきった淫豆にちゅっと音を立てて吸い付いたりすると、背を仰け反らし、がくがくと大げさなほど腰を震わせた。

「ふぁ、あ、も、やめて、あぁ、だめ、あ、もう、もう……っ」

生田家政婦が艶《あで》やかな黒髪をぱさぱさと振り乱して、天を仰いで猥りがましいヨガリ声を上げ続ける。浩平は膨れきったクリトリスを一気に吸い込みながら、揃えた指をぐっと蜜口の奥へ突き入れた。

「あ〜、ああっ、ああ〜っ」

生田家政婦は目を見開き、腰を突き出したまま達してしまった。突き入れた指を、膣襞がきゅうきゅうと締めつける。浩平はかまわず何度も淫豆を吸い上げ、甘い悲鳴を上げさせ続けた。終いには腰がくだけ、女はがっくりとシーツの上に膝を折ってしまう。

「気持ちよかったか?」

白い背中を震わせて呼吸を乱している彼女に、浩平が声をかける。

「は……はい、とても……あぁ、私……」

生田家政婦が掠れた声で答える。

「まだまだだ」

浩平はゆっくり背中を枕にもたせかけ、パジャマのズボンを引き下げた。そそり立つ灼熱の肉楔が露出する。

「上に乗って動くんだ」

浩平が命じると、紅潮した美貌がこちらを向く。

「……承知いたしました」

生田家政婦は身を起こすと浩平の身体の上に跨がり、濡れそぼった淫裂に硬い亀頭の先をあてがった。

「くぅ……んぅ……んんっ」

彼女が指で屹立を支えて腰を沈めると、膨れ上がった切っ先がずぶずぶと濡れ襞に呑み込まれていく。熱く熟れきった膣肉が、嬉しそうに浩平の肉胴に絡み付く。

「はぁ、あ、あぁ……」

根元まで深々と咥え込むと、甘い溜め息を漏らす。

「全部入ったな。どうだ？　気持ちいいか？」

軽く下から腰を突き上げてやると、女がびくんと身体を震わせた。

「あっ、あ、だめ、動かしちゃ……」

肉茎が淫襞を擦る感触の愉悦に、生田家政婦は腰を浮かせる。ゆっくり腰を持ち上げては深々と落とす。

「はぁ、あ、深い……あぁ、深いのぉ」

白い喉を仰け反らして、あえかなヨガリ声が上ずっていく。ずちゅずちゅと淫猥な音を立てて腰が小刻みに上下するたびに、たわわな乳房がたぷんたぷんと大きく揺れる。その乱れる妖艶な様を、浩平は下から余すところなく見上げる。

「ああ、締まる……なんてあんたはいやらしいんだ」

浩平は、雄茎を締め上げる膣壁の感触にうっとりした声を漏らす。

「いやぁん……言わないで……あぁ、あ、感じる……感じるぅ……」

豊満な胸を波打たせながら、生田家政婦は淫らに腰を揺らし続ける。その誘うように揺れる乳房を、浩平は両手で掬い上げるように包み、捏ねくる。

「はぁ、あ、胸……だめ、ぁあ……」

執拗に乳房を揉まれて、女はますます乱れて腰をくねらせる。

「嘘つけ、乳首がそんなにいやらしく勃って、吸って欲しいんだろう?」

硬く凝った乳首を指で挟んでこりこりと揉むと、さらに媚襞がきゅうっと収縮する。

「んんっ、はぁっ、やぁん、あ、あぁ、そうです、あぁ、お、おっぱいを吸って下さい……」

甘い疼きに耐えかねたのか、生田家政婦が上半身を倒れ込ませてきた。顔の上に被さってきた双乳に、浩平は舌を這わせ、紅い乳首を咥える。

「あぁ、あああぁん、あ、い、いいっ……」

凝った乳首を強く吸い上げ、甘噛みしたりぬるついた熱い舌で転がしたりしてやると、面白いほどにヨガリ泣く。

「く……ぅ……ああいいの、あ、いい……」

腰を振りながら、生田家政婦は甘いすすり泣きを漏らし続ける。

「おう、ますます締まる……っ」

浩平は乳首を蹂躙しながら、自らの腰も下からずんずんと打ち付けてやる。

「ひぁ、あ、す、すごい……あぁっ」

滾る肉棒がびくびくと脈打ちながら、淫襞を押し広げる。硬い切っ先がぐりぐりと子宮口の入り口まで、突き上げる。

「はぁあ、あ、止まらない……あぁ、どうしよう、あぁ、すごい、すごいのぉ……」

愉悦をくまなく貪るように、女は腰を振りたくる。

「いいのか？　気持ちいいのか？」

浩平は膨れ上がった屹立で、熟れた肉壷をずくずくと掻き回す。

「ああいいっ、すごくいい、ああ、いいです、あぁん、たまらない……っ」

色白の美貌を妖しく紅潮させて、がくがくと全身を震わせる。

「俺もたまらんよ、気持ちいい……」

収縮する膣襞を擦り上げながら、ぐちゅぐちゅと淫水を弾かせて抽送を繰り返す。

「ひぁあ、も、イク、あ、またイク、あぁん、もぅ……終わらないのぉ」

ぽたぽたと汗を滴らせ、半ば開いた唇から紅い舌をのぞかせながら嬌声を上げる女の姿は、壮絶なほど淫猥で美しかった。

「あぁん、んっ、もう、許して、あぁ、もうだめ、ああ、また……っ」

何度も何度もアクメを極めた女は、愉悦地獄から逃れようと夢中で腰を振り立てる。燃え滾る剛棒を締めつける肉襞が、いっそう強く咥え込んでくる。

「お……すげぇ……持ってかれそうだ」

浩平は女の細腰を引き寄せると、激しく上下に肉楔を打ち付けた。

「ふぁあ、も、だめ、死ぬ、あぁ死んじゃう、もう、死ぬぅう～」

生田家政婦は最後のエクスタシーを迎え、絶叫しながら蠢く淫襞を震わせた。

「ぉう……っ」

膣襞の中で、肉胴がびくんと一回り膨れたかと思うと、次の瞬間、熱く激しい飛沫が噴き上げられる。

「は、はぁ、あぁ、ぁぁぁあああ……っ」

どくどくと膣壁に吐き出された白濁した液体を、蠢動する淫襞がうねりながら受け入れた。

「……はぁ……はっ……はぁあ……」

愉悦を極めた女は、汗ばんだ全身をぐったりと浩平の胸の上に倒れ込ませた。

「……すごく、よかったよ」

浩平は弛緩した女の身体を抱き寄せながら、その耳朶に熱くささやいた。

「……ぁあぁ……」

生田家政婦は酩酊したような表情で、まだ喘ぎながら見つめ返す。普段無表情なだけに、ぞっとするような妖艶さだ。

「たまらんな、その目……」

浩平は低くつぶやいた。驚いたことに、精を放ったばかりの肉棒が、再びむくむくと膨張し始めたのだ。

「あ……っ」

まだ繋がったままだった生田家政婦は、びくりと顔を上げた。

「まだ、これからだ」

浩平が、膣孔を貫いている肉茎をぶるんと震わせた。

「あ……そんな……もう……」

思わず腰を引こうとした女の身体を強く抱きすくめる。

「俺は溜まってるんだ——全てを吐き出させてくれ」

生田家政婦が、潤んだ瞳で浩平を見た。その惚けたような表情に、妖しい情欲の火が再び点る。

「……承知いたしました」

押し開かれた膣襞が、ひくひくと収縮を始めた。


三カ月後。

浩平のギプスが外された。

その日、生田家政婦は契約最後の日で、終了時間に挨拶に来た。

「今日で業務全て終了です」

ソファに座った浩平は、少し眩しそうに彼女を見ながら言う。

「ご苦労様。ねえ、一つだけ教えてよ。あんた、将棋どこで覚えたの？」

生田家政婦は生真面目な顔で答えた。

「個人情報には一切お答えできません」

浩平は苦笑いした。

出してあげます

1

『剛《つよし》クン、大好きぃ。早く挿れてぇ』

爆乳のあどけない顔の美人が、こちらに向かって両脚を大きく開いた。

「ようし、挿れてやる！」

剛は右手のマウスで、素早く何回もクリックする。

『あぁん、あぁ、あぁぁぁあん』

甲高いアニメ声で、女が艶《なまめ》かしく喘ぐ。

「そら、いいか？　いいだろ？」

剛は無精髭の生えた顔を上気させながら、夢中でクリックを続ける。左手は剝き出しにした下腹部に潜り込み、硬化したペニスを激しくしごいている。

『あぁん、イッちゃぁう、ひぁあん、はぁあああん』

ディスプレイの中の３Ｄグラフィックの女が大仰にのたうって、絶頂を極める。と、同時に左手の中でびくびくと肉茎が震えて、白濁した液を吹き上げる。

「ふぅー……」

ティッシュペーパーで手を拭うと、丸めたそれをぽいと床に投げ捨てる。床の上は、エロ本、ゲーム攻略本、ゲームのソフト、ティッシュペーパーのくず、空のペットボトルなどで、足の踏み場もないほど埋め尽くされている。

小さな建て売り住宅の二階にある六畳の部屋。窓には厚いカーテンが引かれ、一日中灯りが点いていて昼も夜もわからない。机の上には何台ものパソコンやゲーム機器が溢れ、そこかしこにスナック菓子の袋が幾つも積み上げてある。

「ちぇっ、最近このゲームもマンネリだな。なんかもっといいソフト買うかな」

剛は舌打ちをして、ごちゃごちゃした机の上からメモ用紙を見つけ、ボールペンで殴り書きする。

コーラ1リットル　ポテチ5袋　ゲームソフト『ラブラブ天国3』

書いたメモを持ってドア口まで行き、ドアの隙間から廊下へ押し出す。こうしておけば、母親がメモを見て、いつの間にかドアの前に品物を置いておくのだ。

坂上《さかがみ》剛が引き籠るようになってから、三年が過ぎようとしていた。

職場での些細な失敗から同僚たちにいじめられるようになり、ストレスで出社拒否、ついに退職。それ以降、自分の部屋に引き籠《こも》り、パソコンのエロゲームに明け暮れる生活に堕ちてしまったのだ。早くに父を亡くし、女手一つで育ててくれた母が自分に甘いのをいいことに、社会復帰から目を背け、ただ怠惰に日々を送っていた。

その夜、ドアの外に人の気配がないことを確かめて、そっと扉を開くと、いつもなら置いてあるはずのメモの品物がない。その代わり、白い封筒に入った手紙が置いてあった。

「?」

封を開いて手紙を読んだ剛は、思わず低く呻いた。

『剛へ　お母さんはもう疲れました。あなたももう大人。自分の身の振り方は自分で考えて下さい。お母さんは好きな人ができました。その人に付いていきます。家事は三カ月だけ家政婦さんを頼みました。その間の生活費は置いていきますが、あとは自分でなんとかして下さい。　母より』

（ちくしょう、とうとう母親にも見捨てられたか――）

暗澹《あんたん》たる気持ちが胸いっぱいに拡がる。しかし剛には、それ以上どうしようという気力もなかった。そのまま部屋に戻り、パソコンの前に腰を下ろし、エロゲームの続きを始める。ディスプレイ上では、こちらに尻を向けた異様に巨乳な女が『早く挿れてぇ』と、人工的な声でねだっていた。

2

浅い眠りから醒めたのは、翌日のお昼過ぎだった。いつも夜明けまでゲームをして、着たきりのジャージ姿のまま、敷きっぱなしの布団の上に倒れ込むようにして眠ってしまうのだ。まだぼんやりした目で天井を見つめていると、階下から微かに掃除機をかける音が響いてきた。

（お袋が戻ってきたのか？）

剛は思わず飛び起きて、そっとドア越しに耳を澄ませた。掃除機の音は、階段を徐々に上がってくる。ほどなく二階の廊下をがーがーと音を立てて掃除機が行き交う。

「——おいっ、お袋っ」

思い切ってドアを大きく開いて、声をかけた。

「あ——」

背中を向けて掃除機をかけていた女が、はっと振り返った。見知らぬ女性だった。年の頃、四十前後。細面の色白の顔、黒目がちのぱっちりした目、ぷっくりした紅唇。艶《あで》やかな長い黒髪を無造作にうなじで結び、シンプルなTシャツにジーンズ姿、細腰に清潔な白いエプロンを巻いている。

「あ、あんた、誰？」

戸惑う剛に掃除機のスイッチを切った女は、エプロンのポケットから身分証明証のようなカードを取り出し、差し出した。

「本日付けで、まごころ家政婦協会から参りました、家政婦の生田良美《いくたよしみ》と申します。お母様から、お家のクリーニングとお食事を頼まれました。合鍵もお預かりしてます」

女は無表情だがてきぱきと答えた。

「あぁ？　家政婦？　そ、そんなのいいよ。ペース乱されるの——嫌いなんだ。か、帰れよ！」

言葉がもつれ、声が裏返る。数年間ほとんど人と接触してこなかった剛は、他人と喋ることに恐怖を感じるくらいだった。着替えもせず風呂にも入らず髭も伸び放題の自分の姿は、生田家政婦には異様に見えたかもしれない。しかし、彼女は少しも表情を変えず落ち着いて答えた。

「申し訳ありませんが帰れません。私の雇い主はお母様で、あなたではありません。でもお家の御用であれば、何でも聞くよう言いつかっておりますので、何かありましたら——」

「いいってば！」

剛は言い放つと、ばたんと音を立ててドアを閉めた。ドアの内側で窺っていると、ほどなく掃除機のスイッチが入って、何事もなかったかのように掃除が始まった。

「ちくしょう、なんだよあの女！」

息を弾ませながらつぶやいた。生身の女性を間近で見るのは、何年ぶりだろう。

清潔な美貌の、柔らかそうな肉体を持った女だった。シャンプーの甘い残り香や、ほのかな体温まで感じられた。そして、剛は自分の股間がひどく硬化していることに気がつき、かっと頭に血が昇った。

あわててパソコンの前に陣取り、やりかけの18禁ゲームを再開する。欲求不満の人妻を口説いてセックスするというエロゲームだ。乳房と尻が異様にデフォルメされた３Ｄの女の股間めがけ、クリックを繰り出す。

『あぁん、はぁあん、いいっ、またイッちゃぅう、あぁぁあん』

甘いアニメ声で大げさにヨガる３Ｄ動画に、にわかに興ざめした。思わずゲームを終了してしまう。

（違う——こんなんじゃない）

剛には女性経験がなかった。ずっとエロゲーの女で満足していたのに、たった数秒間家政婦と話しただけで、全身の血がざわざわするような昂りを感じたのだ。

夕方、部屋のドアが控え目にノックされ、少しアルトがかった生田家政婦の声がした。

「それでは時間ですので、私は失礼いたします。お台所に温めるだけのお食事の用意をいたしました。お風呂も沸いております。ではまた明日、午前十時に参ります」

そのしっとり落ち着いた話し方を聞いているだけで、剛は胸が甘く疼くのを感じた。

生田家政婦が帰るや否や、そっと部屋を出た。綺麗に雑巾がけされた階段を、足音を忍ばせて降りる。この三年、ろくに階下に降りることはなかった。階下は、玄関も居間も塵《ちり》一つなく掃除されていた。

台所に行くと、ダイニングテーブルの上に、ラップをかけたサバの塩焼きと野菜の煮付けと味噌汁があった。炊飯ジャーには、ほかほか湯気のたつご飯が炊きあがっている。母親に命じて買ってきてもらうスナック菓子と清涼飲料水でしのいできた剛は、鼻をくすぐる美味そうな料理に久しぶりに腹の虫がぐーっと鳴った。

飯をよそい、席について箸を取る。一口味噌汁をすすった剛は、そのふくよかな味に涙が出そうになる。夢中でかき込んで、あっという間に食事を終えると、ふと箸を持つ指先が薄汚れ、伸びた爪が真っ黒なのに気がついた。

洗面所に行き、ジャージを脱ぐ。初めて着ているものがぷんとすえた匂いを発しているのに気がつく。全裸になって風呂場に入った。

綺麗に磨かれた浴槽には、透明な湯がなみなみと張られている。足先からゆっくり入り、肩までつかると思わず深い溜め息が漏れた。三年ぶりの風呂だ。石鹸を泡立てて全身を洗うと、恐ろしい量の垢が出て排水口にうずたかく積もった。

伸び放題の髭も剃った。風呂場の鏡を覗き込み、久しぶりに自分の顔を見た。三年の引き籠りで、むくんで老け込んだ自分がいた。髪の毛がぼさぼさと肩まで伸びて、むさ苦しさに拍車をかけている。

(床屋に行こうか——いや、無理だ)

この家から出ることを考えただけで、恐怖で息が詰まりそうになる。自分は二十九歳にして、もう社会的脱落者であるとしみじみ自覚する。

風呂から上がると、脱衣所に洗濯したての下着とジャージがきちんと畳まれて置いてあるのに気がついた。生田家政婦が気をきかせたのだろう。

真新しい衣服に着替えると、こざっぱりして幾分気持ちが明るくなった。しかし、剛が考えたことは(早くエロゲーの続きをしよう)だった。

ゲームにログインし、ヒロインのプロフィールを変更した。名前を「生田良美」と打ち直し、ゲームを開始した。

『あ、あぁ、だめ……やめて』

３Ｄグラフィックの豊満なヒロインが、ベッドの上を逃げ回る。

「ふふ、すぐ気持ちよくしてやるからさ」

剛はつぶやきながら、マウスを操って指の形をしたポインターでヒロインの巨大な乳房を撫で回す。

『あぁん、やぁ、やぁあん』

たちまちヒロインが身悶えする。開いた股間も指のポインターで撫で回すと、画面のヒロインはますます嬌声を上げる。

『いやぁん、そこ、だめ。あぁ、良美感じちゃうぅ』

ヒロインは設定された自分の名前を言う仕組みだ。にわかにペニスがむくむくと膨れ上がった。ジャージのズボンをトランクスごと引き下げて、まだ湯冷めしていないほかほかした肉棒を左手で摑む。右手でマウスを操作しながら、硬化したペニスをゆっくりしごく。

『うふぅん、あぁ、あ、そこ、あぁ、やぁ』

何度も股間をポインターで撫でると、３Ｄのヒロインはくねくね悶えながらこちらに向かって股を開いてくる。

『あぁん、ねぇもう良美、我慢できないのぉ、あなたのその大きなものをちょうだい』

剛は息を荒くしながら、左手に力を込める。いつもより激しい快感が、下腹部をせり上がってくる。いつの間にかディスプレイで悶えるグラフィックの女の姿が、生田家政婦とすり替わっている。ポインターを入れ替えると、画面に巨大な屹立した男根が現れる。狙いをすまして、誇張して描かれた女性の陰部に男根のポインターを打ち込む。

『はぁあっ、ああん、あん、ああん』

大げさにのたうつ女。

『いいっ、良美感じるぅ、あぁん、すごぉい』

「──っ」

たちまち肉茎に全身の血流が集まり、剛は絶頂に駆け上る。

『はぁあ、あぁ、イク、あぁイクゥ、良美、イッちゃううぅ』

「うぅっ」

弾けるような悦楽と共に、びくんと左手の中で男根が跳ね、びゅるっと白濁した精が吐き出される。腰がじんわり蕩けるようなけだるい快感が拡がっていく。

「ふぅ——はぁ……」

快感の残滓《ざんし》を味わいながら、剛はしかし頭の隅で、これは違う、と思う。彼女は、あの生田家政婦はこんな作りものめいたアニメ声は出さないだろう。少しアルトがかったしっとり落ち着いた声。あの声でヨガられたら、どんなに悩ましいだろう。剛の頭の中で、不埒な妄想が膨らんでいく。

3

翌日。

まだ惰眠《だみん》を貪っていた剛は、階下で人の動く物音に目が覚めた。部屋は四六時中カーテンを閉め切っているので、灯りを消すと真っ暗で、今が昼か夜かも判然としない。のろのろ起き上がって灯りを点け、机に向かってまたゲームの続きをする。音が漏れないように、イヤフォンをした。しばらく夢中でエロゲームにハマっていた。と、ふいに肩をそっと叩かれた。

「……!?」

剛がびくんとして振り返ると、生田家政婦が立っていた。

ディスプレイいっぱいには、今しもエクスタシーに達しようという3Dグラフィックの女体が映っている。しかも、あまりにあわてて振り向いたせいで、イヤフォンのジャックがパソコンから外れてしまった。

『はぁあん、いいっ、ああ、良美感じるぅ、気持ちいいのぉ』

部屋中に、アニメ声の喘ぎが大音量で響いた。

「あっ！」

剛は羞恥に顔を真っ赤にしながら、素早くゲームを終わらせた。

「なんだよっ！　いきなり人の部屋に入るなんて、どういうつもりだっ」

剛は恥ずかしさと怒りで、噛み付くように怒鳴った。生田家政婦は、それに少しも動じない様子で、静かに答えた。

「申し訳ありません。何度もノックしたのですが——宅配の代引きが来ておりまして、お支払いをどうしようかと」

「あ……」

イヤフォンとゲームに夢中で、ノックの音など聞こえなかったのだ。剛は乱雑に物を突っ込んだ机の引き出しを掻き回して、くしゃくしゃの1万円札を差し出した。

「これで――品物とお釣りは部屋の前に置いといて」

「承知いたしました」

生田家政婦が白い両手を差し出して、札を受け取ろうとした。その際に、わずかに女の指先が剛の手に触れた。思わずびくんと手を引っ込めた。

「早く行ってくれ！」

声を荒らげて追い払うように手を振ると、生田家政婦は頭を下げて静かに部屋を退出した。

「はーっ……」

ドアが閉まると、剛の全身から一気に冷や汗が出た。彼女は顔色一つ変えなかったが、モニターいっぱいの全裸で喘ぐ女のグラフィックと大音量の喘ぎ声にどう思ったことだろう。しかも、ヒロインに自分の名前がつけられているなど――。普通の女性なら、ひどいセクハラだと騒ぎ立ててもおかしくないくらいだ。

（もう辞めたい、とか言うかもな）

他人が家にいることを嫌悪していたのに、剛はなぜかひどく気落ちした。

ほどなく、ドアの外にそっと物を置いて去る気配がした。階段を降りていく足音を確認してから、ドアを開ける。宅配物は、ネット通販で購入した新発売のエロゲームソフトだ。この間まで、届くのを楽しみにしていたのだが、今はなぜか妙に白けた気分になる。開封もせずぽいと荷物を机の上に投げると、剛は足音を忍ばせて階下に降りた。

玄関から各部屋に通じる廊下を、生田家政婦が雑巾がけしていた。ちょうど階段の方に背を向け、四つん這いになっている。ぴっちりしたジーンズが豊かなヒップを強調し、彼女が手を動かすたびに、ぷりんぷりんとまるで誘うように動く。いかにも手触りがよさそうなヒップの丸みに、剛は思わず生唾を飲み込んだ。

(あのジーンズの下はどうなってるんだろう)

エロゲームの中の異様に誇張された陰部しか見たことのない剛は、生身の女の下半身がうまく想像できず、それがかえって劣情をそそった。視線でも感じたのか、生田家政婦がちらりと肩越しにこちらを振り返ったので、あわてて階段の手すりに身を隠し、そのままそろそろと二階に上がった。

その夕方、生田家政婦は「辞めます」などと言うこともなく、いつも通り挨拶をして帰っていった。

(いくつかな?　女盛りって感じだよな。たしか左手の薬指に指輪をしていた。

人妻だってことだ。ということは、毎晩旦那とセックスしてるってことか？）

部屋の中で、剛はあれこれ悩ましい妄想をした。空腹を覚え、夕食を摂りに階下に行くと、玄関の靴箱の上に白いエプロンが置き忘れてあるのに気がついた。思い切り取り上げてそっと顔を近づけてみると、微かに甘い女体の香りがした。思い切りその匂いを吸い込むと、下腹部がずきんと痛いほどに疼いた。

たまらず玄関でズボンを押し下げると、すでに半勃ちしているペニスに生田家政婦のエプロンを巻き付けた。それは異様な興奮をもたらした。

「あ……うぅ」

エプロンごと男根を握りしめ、きゅっきゅっと擦り上げる。みるみる肉塊は硬度を増し、熱い快感が全身を駆け巡る。

「はぁ、はっ……」

脳裏に昼間覗き見た生田家政婦の、生々しい臀部が浮かぶ。

（あそこに――あそこにぶち込みたい）

剛は左手に力を込めた。

その時、突然、玄関のドアががちゃりと開いた。

「あ――」

生田家政婦が目を見開いて、そこに立っていた。

「わっ？」

もろに向かい合わせになっていた。しかも下半身剝き出しで、ペニスにエプロンを巻き付けているというあられもない格好だ。剛は咄嗟に床にしゃがみ込む。

「私、エプロンを忘れてしまって——」

さすがの生田家政婦も、目を逸らしている。剛はとんだ恥さらしに、逆ギレ気味になって声を荒らげた。

「いきなり、入ってくるな！」

言いながらエプロンを股間から剝がして、女の方に放り投げた。生田家政婦が床に落ちたエプロンをそっと拾い上げる。そのまま軽く頭を下げて出ていこうとした。だが、あまりにしれっと落ち着いたその態度に、頭に血が昇り、剛は恥の上塗りを承知で怒鳴った。

「あ、あんたのせいだぞ！」

生田家政婦がちらりとこちらを見た。剛は立ち上がり、剝き出しの股間を向けた。まだ股間は勃起したままだ。

「ど、どうしてくれるんだこれ！　なんとかしろよ！」

自分でもむちゃくちゃを言っているとわかっていたが、止められなかった。

生田家政婦は、濡れたような黒い瞳でじっと剛を見た。

「それは――ご命令ですか?」

剛は一瞬気勢が削がれたように女を見た。女の冷ややかな美貌に、微かな情欲の匂いを感じた。

「あ、ああ、そうだ。命令だ。お、俺の股間をすっきりさせてくれ」

「承知いたしました――」

おもむろに生田家政婦が、剛の股間の前に膝を折った。そして、ほっそりした両手をゆっくり差し伸べた。ひんやり滑らかな女の指が、硬化したペニスを包んだ。剛はびくりとして、あわてて身を引こうとしたが脚が動かなかった。生田家政婦は、右手で肉胴をやんわりと摑むと、ゆっくりとしごき始めた。

「あぅ――」

その柔らかで、しかもほどよく締めつける感触に、思わず声が漏れた。生田家政婦は、左手で陰嚢をやわやわと揉み込みながら、次第に右手に力を込めてきゅっきゅっと屹立をしごいていく。

「ふ――あぁ」

下肢が甘く痺れ、剛は熱い吐息を漏らした。剛のペニスは、これまでにないくらい硬く太く膨れ上がり今にも弾けそうだ。緩急をつけた指戯に、このままではたちまち上り詰めてしまい、あっと言う間に射精してしまうだろう。しかし、股間の前には生田家政婦の美しい白い顔があるのだ。

「あ——の、口で。口でしてくれ」

思わず両手を彼女の艶やかな黒髪の中に差し入れ、股間に引き寄せた。

「それも、ご命令ですか?」

生田家政婦が顔を上げ、じっと剛を見た。剛はうなずいた。

「そうだ。うんと気持ちよくしてくれ」

「承知いたしました」

熱い息が、剛の陰毛をくすぐったくそよがせたかと思うと、女の紅唇からぬめった舌が現れた。その桃色の舌先が、ちろりと笠の張った先端を撫でた。

「う——」

あまりに心地よい刺激に、呻いて天を仰いだ。

「ん……ん」

生田家政婦は甘く鼻を鳴らしながら、ぬるつく舌腹でゆっくり肉胴をなぞり上げた。ごつごつ浮き出た血管に沿ってぺろぺろと舌を這わせ、しっとりと唾液をなすり付ける。それから先端に戻り、亀頭のくびれをくりくりとなぞる。その繊細な舌の動きに、剛はうっとりと目を閉じた。女は存分に亀頭を舐ると、おもむろに紅唇を開いて、すっぽりと先端から呑み込んでいく。

「ふぁん……んん、んぅん……」

女は、くぐもった声を漏らしながら、喉奥まで太竿を呑み込んだかと思うと、熱い舌を絡めながらゆっくり吐き出し、また呑み込む。

「う――あぁ……」

巧みな口腔での愛撫に剛は下腹部が蕩けそうなほど痺れ、荒い息を継ぎながらその感触を味わう。そっと薄目を開けて、下腹部で頭を前後に揺すぶっている生田家政婦の表情を窺う。

「んん……ふぅん」

綺麗な三日月形の眉を寄せ、肌理の細かい肌を微かに上気させ、慎ましい紅唇を目一杯拡げて剛の一物を呑み込んでいる女の様子は、ぞくりとするほど艶《なまめ》かしい。

「あふぅん……ふぁあん……」

次第に生田家政婦の鼻息が甘く切なげに熱くなる。口腔で抽送を繰り返してはそっと吐き出し、桃色に濡れて輝く舌が、膨れ上がった肉胴を丁重に舐め上げ、裏筋までたっぷり唾液をまぶしていく。陰嚢まで口に含んで転がすと、今度は先端まで舌を這わせ、カリ首のくびれから尿道までしごくように刺激する。その絶妙な舌使いに、剛はあっという間に崖っぷちに追いつめられてしまう。

「う、あぁ、だめだ、出ちゃう——」

あわてて両手を下ろして女の頭を止めようとしたが、間に合わなかった。

「うっ——」

腰がびくんと跳ね、次の瞬間、女の喉奥にびゅくびゅくと激しく白濁液が吹き上げた。

「んんんっ……んんぐぅんん」

生田家政婦が耳朶まで真っ赤に染めて、苦しげに熱い精を嚥下していく。

「あ——あ、全部——出る」

目も眩《くら》むような放出感に、剛は抱えていた彼女の頭を思わず股間にさらに押し付け、びくびくと腰を震わせた。恐ろしく長い射精だった。

「ふぅ……ぐぅ、ふぅんんん、んむぅ……」

生田家政婦は悩ましく鼻を鳴らしながら、大量の白濁液を呑み下した。

その晩、いつもなら夜明けまでパソコンゲームに熱中するはずの剛は、けだるく心地よい疲労感に、零時前には熟睡してしまった。生田家政婦のフェラチオは、今までエロゲーム相手に抜いていたオナニーとは、比べものにならないほど蠱惑《こわく》的だった。全身の汚れがすべて彼女に呑み込まれたようで、かつてないほど下半身がすっきりした。

（やばい。病みつきになりそうだ）

眠りに落ちる前に、剛は胸の中でそうつぶやいた。

4

翌日――。

珍しく早朝に目が覚めてしまった。しょうことなしにエロゲームを開始したが、気持ちは画面を上滑りし、何度も時間を確認してしまう。

やがて、生田家政婦はきっかりいつもの時間に出勤し、普段通り階下で家事を始めているようだった。剛は階下の生活音ばかりに神経が集中してしまい、ついにゲームを終了して、机から離れた。

静かにドアを開けて、足音を忍ばせて階段を降りると、昨日盗み見したように、ちょうど生田家政婦が床に四つん這いになって雑巾がけをしているところだった。

今日の彼女は、いつものジーンズではなく、セミタイトの濃紺のスカートを穿いていた。こちらに背を向けて、せっせと床を拭いている。と、スカートが徐々にせり上がって、白い生脚が剝き出しになる。スカートの奥に潜む部分に思わず目が行き、劣情を催して全身がむずむず熱くなった。

そっと階段を降り、生田家政婦の背後に佇《たたず》む。徐々に後ろに下がってきた彼女は、剛の気配を察したのか、はっと振り返った。

「そのまま、掃除を続けろ」

剛の言葉に、生田家政婦は一瞬躊躇したように見えたが、

「承知いたしました」

と、前に向き直り床を拭き始める。剛は手を伸ばして、スカートの上から丸い臀部を撫で回した。

「──っ」

ぎくりと生田家政婦の身体が震え、動きが止まる。

「続けろよ」

剛が言うと、女は黙って手を動かす。剛は滑らかなヒップラインをしばらく撫で回していたが、そのままゆるゆるとスカートを捲り上げた。清楚な白い綿のパンティに包まれた尻が剝き出しになる。

「あ」

生田家政婦が小さく声を上げた。むっちりした太腿に手を這わせると、女の背中が緊張して強ばる。

「掃除をしろ」

うながすと、生田家政婦は少し震える声で、

「承知いたしました」

と答え、雑巾を動かした。

女の肌は掌に吸い付くようにしっとりと柔らかで、白い肌も３Ｄグラフィックのプラスティックのようなつるんとした色合いではなく、青白い静脈が透けるほど白く、また緊張のためかほんのり体温が高い。

（ああ、これが生身の女か）

剛はしみじみ感触を楽しんだ。そのうち指がひとりでに、薄い下着に包まれた陰部をまさぐり出す。

「あっ」

白い布地の上からふっくらした秘裂をつつくと、生田家政婦がびくりと腰を震わせる。

「静かにしろ」

強い口調で言いながら、つぷつぷと布越しに秘裂に沿って指を動かした。

「——っ、ふ……」

生田家政婦が甘い鼻息を漏らしながら、ひくんひくんと身体を蠢かせる。すると次第に白い布地がしっとりと濡れ、淫らな染みがにじみ出す。

「あれ？　なんだか湿っぽくなってきたぞ」

剛は意地悪く言って、ぐっと指で秘裂を押し込めるように刺激する。

「あ、や……」

女が首をふるふると振った。かさにかかり、パンティに指をかけると一息に引き下ろした。ぷりんと官能的な臀部が剝き出しになり、意外に黒々と濃い茂みも露になる。本物の女性の秘部に、ボルテージが一気に高まる。

「だ……め」

生田家政婦が心細げな声を出す。いつも冷静な彼女がこんな可愛い声を出すのかと思うと、剛はますます興奮してくる。じらすように真っ白い尻丘を撫で擦り、それからおもむろに微かにほころんだ蜜口へ、くちゅりと指を突き入れた。

「あ、はぁっ」

びくんと腰が跳ね上がる。

「うわ、もうぐちょぐちょじゃない」

剛はすでにしとどに潤っている花唇を、ぬるぬると指で掻き回した。

「う……は、はぁ……」

生田家政婦が熱い吐息を漏らして、太腿を震わせる。

「すごい、あとからあとから溢れてくる」

剛の太い指が淫猥に秘裂をちゅぷちゅぷと嬲ると、くぐもった喘ぎ声が高まる。

蜜源をつつきながら、ふっくら膨れた花芯のようなクリトリスを探り当て、包皮から頭をもたげている突起をぬるぬると擦った。

「やぁ、そこ……あ、ぁ……」

生田家政婦が全身をくねらせて、甘く喘ぐ。

「掃除しろ」

剛の命令に彼女は必死で手を動かそうとするが、緩急をつけた指の動きに官能を昂らせてしまい、首をいやいやと振った。結わえた髪がほどけ、ばさばさと左右に乱れ、シャンプーの甘い香りが男の欲望を刺激する。

「も……やめ……て、下さい」

生田家政婦が切なげな声を出し、肩越しに潤んだ黒い瞳で見上げた。しかし、うっすら上気した表情は淫猥に美しく、加虐心を煽る。

「こんなにおツユを垂れ流して、いやなもんか」

膣奥から溢れる淫らな蜜を、肉びらごと塗り込めるようにクリトリスを擦り上げると、女はがくがくと腰を痙攣させた。

「やぁっ……あぁ、だめぇ、あぁ……」

剛が追い打ちをかけるように、充血しきったクリトリスを捻り上げ、指の腹で揉み解《ほぐ》す。

「ん……んぅ、はぁ、あ、あぁあぁっ」

腰をびくんと浮かせ、全身を引き攣らせながら生田家政婦が甲高い喘ぎ声を上げ、同時にじゅわっと大量の熱い潮が膣胴の奥から吹き出した。

「うわぁ、すげぇ、潮吹いて──」

剛は感に堪えたような声を出し、ぐっしょり濡れた自分の掌を見つめた。

「うぅ、あ……はぁ、は……」

アクメに達してしまった彼女は、息を弾ませ、小刻みに華奢な肩を震わせている。

「やっぱり人妻はエッチなんだね。指なんかじゃ物足りないよな」

剛はジャージのズボンを下ろしながら、女の背後に膝を折った。すでに熱く勃ちきった肉棒が、女を求めてびくびく震えている。

「ほら、欲しくない?」

剛は硬く膨れた切っ先をほころびきった紅い柔襞の浅瀬に押し当て、軽く突いた。

「んんっ……あ、ぁ……」

その刺激だけで、生田家政婦は淫らな声を漏らす。

「ねえ、おっぱいも見せてよ」

剛は背後から女のTシャツを捲り上げ、白いブラジャーに包まれた乳房を露《あらわ》にした。思っていた以上に大きい。ブラジャーを引き裂くように剝がすと、ぷるんと真っ白い乳丘が揺れた。染み一つない処女雪のように白い双乳に、真っ赤に熟れた苺《いちご》のような乳首。

「うわ、柔らかいや」

後ろから両手で乳房を摑み、やわやわと掬い上げるように揉みしだく。

「あ、あふぅん、や、あぁん、んんぅ」

乳房を弄《いじ》り、尖った乳首を摘まみ上げ、亀頭で濡れそぼった蜜口をくちゅくちゅと掻き回してやると、生田家政婦はくねくねと全身をのたうたせ、艶かしい嬌声を上げる。

「ああ、柔らかくて熱い、いい匂いだ。ああ、素敵だ。本物だ」

剛は艶《つや》やかな髪に顔を埋め、うっとりしながら熱く火照る女体の感触を味わった。

「欲しいでしょ？　挿れて欲しいって、正直に言いなよ」

生田家政婦の耳朶の後ろを、ねろねろと舌で舐りながら低い声でささやくと、女が身悶えしながら切ない声で言う。

「あ……あぁ、い……挿れて下さい……」

剛は我が意を得たりとばかりに女の双臀を両手で引き寄せると、蜜を滴らせた媚肉に膨れ上がった亀頭をぬぷりと押し入れた。

「ひぁ、はぁあっ、あ、あぁっ」

みっちりした熱い膣襞を掻き分けて、一気に最奥まで突き上げてやると、女が仰け反って喘いだ。

「うぉ、すげぇ熱くて柔らかくて、でもきつくて――」

剛は媚肉のもたらす愉悦に低く呻いた。ずるりと柔襞を巻き込むように根元まで引き抜き、また思い切りずんと腰を穿つ。

「はあぁ、あ、深い……あぁっ」

生田家政婦がぶるっと臀部を震わせ、淫らな嬌声を昂らせる。女が感じている様に勇を得て、剛はぐりぐりと膣壁を押し広げるようにねじ込みながら抽送を開始した。

「ふぁ……あぁ、ああん、はぁっ……」

かさ高な亀頭のエラでうねる膣襞を擦り付けてやると、女が感じ入ったような甘い喘ぎ声をひっきりなしに漏らし始めた。

「お、締まる――すげぇ、お○んこ、いいよ、最高だよ」

肉胴にやわやわと絡み付き、奥へ奥へと引き込もうとする膣襞の感触に酔いしれながらも、激しく腰を打ち付ける。

「あぁ、はぁ、あ、当たる……奥まで……あぁ、あぁぁん」

燃え上がった熟成した女体は、剛の腰の律動に合わせて、うねうねと尻を蠢かせてくる。二人の連結のリズムがぴったり合うとさらに結合が深まり、粘膜同士が一つに蕩けたかと思うほどに快感が膨れ上がる。

「気持ちいい？　俺のち○ぽでぐちょぐちょにされるの、いい？」

剛はぐいぐいと容赦なく媚肉を抉る。

「あ……やぁ、あ、そんなぁ……」

生田家政婦が、貝殻のような薄い耳を羞恥で真っ赤に染めて喘ぐのが、なんとも官能的で、ますますいじめたくなる。

「言えよ、気持ちいいって、感じてるって」

剛は背後から前後に揺れる乳房をわし摑むとくたくたに揉みしだき、太い肉刀で子宮口までごりごり突き上げる。

「やぁ、はあ、あぁん……」

生田家政婦が恥じらって首を振ると、黒髪の甘い香りと汗と淫蜜が入り混じった、卑猥な香りが辺りに漂う。

「言えよ！」

灼熱の肉棒で背後から貫きながら、結合部分に手を伸ばし、充血してひくつくクリトリスをこりこりと抉じった。とたんにびくんと女の身体が跳ね上がる。

「あっ、ああ、そこっ……あぁ、いいっ……はぁあ、気持ちいい……っ」

身悶えする女の身体を抱え込んで、ずくずく突き上げながら汗ばんだうなじから耳朶を舐め回すと、嬌声がさらに高まる。

「んうぅ、あぁ、もっとして、あぁ、奥まで、ああ、突いて、もっとぉ……」

女の媚襞が歓喜に蠢動し、剛の肉茎をきゅうきゅうと締め上げてくる。女を追い込もうとして逆に追い上げられそうになり、剛は必死でそれを耐える。

「う——く、すげぇ、持ってかれそう——」

剛は腰を入れ直して、激しく女体を揺すぶった。

「あぁ、いやぁ、そこ、そんなにしないで……あぁ、あ、すご……あ、も……う」

熱い吐息を漏らしながら、生田家政婦が絶頂に追い上げられていく。

「も、あ、イク……あぁ、もうイッちゃう……も、だめ、あぁぁっぁあっ」

膣壁がひときわ激しい収斂を繰り返して、エクスタシーに駆け上る。

「お――俺も――、出るっ」

熱い肉棒の滾りが、女の最奥でどくどくと弾ける。

「ひぁ……あぁぁ、ああぁぁぁぁっ」

生田家政婦が断末魔の声を上げ、仰け反ってひくひくと全身を痙攣させた。

どっと生汗が噴き出し、ふいに女体が弛緩してぐったりと倒れ込む。

「……あぁ、あ……私……こんなに感じてしまって……」

まだ愉悦の波に漂っている女が、ちらりと一瞬素の顔を見せた。

その無防備な表情に、剛はなぜか切なさで胸がいっぱいになった。

*　　*

一週間後。剛はシャツとズボンに着替えて玄関で靴を履いていた。

「お早うございます。あ、お出かけですか?」

時間きっかりに入ってきた生田家政婦が、少し驚いたように剛を見た。

「うん――床屋に行こうかと思って。これ、あんまりむさ苦しいじゃん」

剛は少し恥ずかしそうに、ぼさぼさに髪が伸びきった頭を撫でた。

「それがよいと思います。行ってらっしゃいませ」

生田家政婦が丁寧に頭を下げた。

「あ、俺の部屋、掃除しておいてくれる？」

「承知いたしました」

「それと——うちに来たら、下着姿で仕事して欲しいな。すぐ脱げるようにさ」

生田家政婦の目が、わずかに色っぽく光るが、平静な声で答える。

「承知いたしました」

剛はドアを開けて、ゆっくり外へと一歩踏み出した。

◎本書に収録された作品はフィクションであり、文中に登場する個人名や団体名は実在のものとは一切関係ありません。

◎初出

いずれも「特選小説」（綜合図書・刊）に掲載。

ご奉仕します——２０１２年８月号
お掃除します——２０１３年５月号
濡れてあげます——２０１３年９月号
挿れてあげます——２０１３年11月号
抜いてあげます——２０１４年１月号
出してあげます——２０１４年４月号

＊本書収録にあたり、それぞれ修正・加筆を行ないました。

二見文庫

ご奉仕《ほうし》します　人妻家政婦《ひとづまかせいふ》

著者　渡辺《わたなべ》やよい

発行所　株式会社 二見書房
東京都千代田区三崎町2-18-11
電話 03(3515)2311［営業］
03(3515)2313［編集］
振替 00170-4-2639

印刷　株式会社 堀内印刷所
製本　株式会社 村上製本所

落丁·乱丁本はお取り替えいたします。
定価は、カバーに表示してあります。

ISBN978-4-576-14114-5
http://www.futami.co.jp/

蒼井凜花のCA官能シリーズ!!

夜間飛行

入社二年目のCA・美緒は、勤務前のミーティング・ルームで、機長と先輩・里沙子の情事を目撃してしまう。信じられない思いの美緒に、里沙子から告げられた事実——それは、社内に特殊な組織があり、VIPを相手にするCAを養育しては提供し、その「代金」を裏から資金にしているというものだった……。　元CA、衝撃の官能書き下ろしデビュー作!

愛欲の翼

スカイアジア航空の客室乗務員・悠里は、フライト中に後輩の真奈から突然の依頼を受ける。なんと「ご主人様」に入れられたバイブを抜いて欲しいというものだった。その場はなんとか処理したものの、後日、その「ご主人様」と対面することになり……。「第二回団鬼六賞」最終候補作を大幅改訂、さらに強烈さを増した元CAによる衝撃の官能作品。（解説・藍川京）